聯合國

實習手記

和平發展基金會

編著

目錄

聯合國實習手記

來自聯合國開發計劃署
駐華代表的賀辭

白雅婷女士

聯合國開發計劃署駐華代表

自 2005 年以來，和平發展基金會（PDF）一直是聯合國開發計劃署（UNDP）在中國的重要合作伙伴。PDF 在不同領域提供了關鍵支援，包括項目推廣及倡議，同時也開展了提升領導力的培訓。UNDP 駐華代表處的旗艦報告《中國人類發展報告》四次調研出書，都得到了 PDF 的支持。

從 2006 年到 2020 年，PDF 為來自香港各大學的學生贊助了超過一百個在 UNDP 不同的實習機會和聯合國志願者（UNV）的職位。實習生和志願者為我們的許多成就做出了重要貢獻，我們對每一位實習生及志願者深表謝意。幾名由 PDF 贊助的同事隨後亦繼續在整個聯合國系統中以不同的身分擔任重要職務，我們對此引以為榮。

我謹代表 UNDP 對 PDF 十五周年致以衷心的祝賀，並由衷地感謝我們十五年來的合作。UNDP 消除貧困、減少不平等及保護地球生態的使命需要像 PDF 這樣的合作伙伴的鼎力支持。沒有他們，我們在中國的工作將無法實現。

UNDP 和 PDF 共同擁有許多值得驕傲的成就，我們向所有志願者和實習生致敬，他們是這合作伙伴關係的核心。我們期望與 PDF 繼續長期合作，攜手應對未來的發展挑戰，並確保人類社會的可持續發展。

Congratulatory Message from UNDP Resident Representative in China

Beate Trankmann

UNDP Resident Representative in China

Since 2005, the Peace and Development Foundation (PDF) has been a vital partner of the United Nations Development Programme (UNDP) in China. PDF has provided critical support in a wide range of areas including advocacy and awareness raising, and leadership training and capacity building. Four editions of the National Human Development Report, UNDP China's flagship report, were produced with support from PDF.

From 2006 to 2020, PDF sponsored over 100 different internships and UNV positions at UNDP China for students from various universities in Hong Kong. Interns and volunteers have made important contributions to many of our achievements and we are deeply indebted to each and every one of them for their service. We take great pride in knowing that several of our PDF-sponsored colleagues subsequently went on to take up important positions in different capacities throughout the UN system.

On behalf of UNDP, I offer my sincere congratulations to PDF on their 15th anniversary and extend a heartfelt thanks for our decade and a half of cooperation. UNDP's mission to end poverty, reduce inequalities, and protect the planet has always relied on the support of partners like PDF. Without them, our work in China would not be possible.

Together, UNDP and PDF have many accomplishments to be proud of and we salute all the volunteers and interns that have been at the center of this partnership. We look forward to many more years of continued cooperation to address the development challenges of tomorrow and ensure a sustainable future for all.

和平發展基金會理事會主席致辭

馮華健
銀紫荊星章，資深大律師，英國御用大律師，太平紳士，英國特許仲裁司學會院士

和平發展基金會理事會主席兼創會成員

我很高興可以與大家分享和平發展基金會成立十五年以來的工作成果。

和平發展基金會於 2005 年在香港成立，經聯合國總部批准成為聯合國開發計劃署的官方合作伙伴。這是繼 2003 年在華盛頓特區建立官方合作伙伴後，在全球範圍內的第二個此類官方合作伙伴。

和平發展基金會的成果令我們非常自豪，因為它的行政開支是香港社會公共慈善機構和非營利組織之中最低之一，維持於每年善款的百分之一。我們的行政工作由志願者全力承擔，因此 99% 籌集得來的善款能夠直接用於學生及相關項目上。

在過去的十五年中，和平發展基金會贊助了超過一百四十名聯合國實習生和九名聯合國本國志願者，他們都是由香港各所大學推薦和選拔的碩士博士研究生。此外，我們一如既往地支持香港特區政府資助的義務工作發展局與聯合國志願人員組織簽署的國際志願者項目計劃，參與選拔七十九名香港的大學本科生成為聯合國志願者，並前往實習地考察。這些數字高於聯合國三分之二以上成員國各自派遣的聯合國實習生和志願者的數量。

和平發展基金會至今已將實習生送至十八個不同的聯合國專屬機構和組織參與實習工作。

我們希望藉此機會向每位支持者表示誠摯的感謝。由於本書編輯時間有限，致謝名單未能盡錄無數善長芳名。和平發展基金會衷心感謝所有支持者和捐助者，他們為基金會的成果作出了巨大的貢獻。

Message from the Chairman of the Peace and Development Foundation

Daniel R. Fung
SBS, SC, QC, JP, FCIArb

Chairman and Founding Board Member,
Peace and Development Foundation

It gives me great pleasure to present the 15th Anniversary Report on the work of the Peace and Development Foundation.

In 2005, PDF was established in Hong Kong as the official partner of United Nations Development Programme being the second such official partner ever established globally following the footsteps of our counterpart established in Washington DC in 2003.

PDF is immensely proud that it carries one of the lowest administrative costs of any public charity or non-profit organization in Hong Kong in that the workload is discharged by volunteers such that less than 1% of funds raised go to offset administrative overheads resulting in over 99% of funds raised reaching the intended beneficiaries of our mission.

Over the past 15 years, PDF has sponsored over 140 interns and 9 national UN volunteers, all of whom are master or doctoral degree holders recommended and selected by Hong Kong's ten universities. In addition, PDF has supported the selection of 79 undergraduates under the Hong Kong Government-funded UNV-Hong Kong Universities Volunteer Internship Programme organized by the Agency for Volunteer Service, and has carried out field visits. This figure is higher than that in over two-thirds of UN Member States.

PDF also has sent interns to 18 different UN agencies and organizations.

We are sincerely grateful to all the supporters and donors whose valuable contribution has made our achievement possible. PDF would like to take this opportunity to express to every supporter especially those whose name might not be shown in our acknowledgement list due the time frame of book compilation.

和平發展基金會理事會成員致辭

趙金卿
太平紳士，意國騎士勳銜

盈泰投資集團有限公司主席
和平發展基金會創會成員及
首屆理事會主席

在一個機緣巧合的聚會，與幾位志同道合的好朋友開始了這個美麗的故事。幾位創會人的願景是支持年青人發展，提供領袖培訓機會以發掘自我的潛能，達至多方面全人發展，同時亦服務有需要的社群，為社會作出貢獻。我們伙拍聯合國開發計劃署成立香港的官方合作伙伴，創立了和平發展基金會。目的是通過實習生計劃，讓年青人參與聯合國的工作，擴闊視野，所接觸的項目包括氣候變化及環保、扶貧等環球議題。2005 年 12 月基金會正式成立為香港非牟利機構。開幕典禮得到政商界領袖、城中社交名人的祝福及臨莅出席，包括董建華先生，並由聯合國代表作主禮嘉賓。

特別要鳴謝基金會的贊助人、善長及好友們慷慨的支持，一直不遺餘力地支持基金會的工作，以培育青年領袖、成就明日社會棟樑為目標，在此向他們衷心致以感謝！

過去十五年裏，超過一百四十名優秀聰敏的大學生和研究生通過基金會的實習計劃，在中國及其他國家和地區開展工作。為期三至六個月不等的訓練和實踐中涉及的領域十分廣泛，給實習生培養勇於挑戰及堅毅的精神，亦為實習生留下精彩的一頁。

寄望未來有更多年青人加入聯合國機構實習計劃，協助推廣聯合國在各地域及各方面的發展項目，使世界繼續進步、發展及蛻變更新，使我們的社區綻放更奪目姿采。

鍾志平博士
金紫荊星章，銅紫荊星章，太平紳士

創科實業有限公司聯合創辦人及
非執行董事
鵬程慈善基金創辦人及主席
和平發展基金會理事

我很榮幸於 2006 年和平發展基金會成立之初已經加入。基金會的宗旨和抱負別具意義，工作重點針對中國內地、珠三角和香港的人才發展、扶貧、氣候變化和環境保育；對我而言，青少年是未來社會的棟樑，他們的健康發展至關重要，所以當我看到基金會各成員都熱誠投入基金會的工作，我很有信心基金會定能順利推行計劃、培育更多年青人。

基金會其中一項主要工作是贊助大學生和研究生到聯合國機構參與實習工作。在過去十五年，已有超過一百四十名青年人參加了計劃。基金會成功培育了一批靈活變通又具備創意的人才，並將所學貢獻社會，成為推動持續發展的生力軍。

這本書記錄了多名實習生的所見所聞，他們除了分享實習期間的日常生活以及學習專業知識的過程，讓其他學生更加了解相關計劃並提高他們對參加計劃的興趣外，更重要的是他們透過這些實習機會，接觸了之前未曾體驗過的人與事，並在學習和相處過程中，在不同層面都得到了啟發，從而加深對自己和對世界的認識和了解，最終找到自己未來的發展方向。

我在此衷心祝賀和平發展基金會成立十五周年，並期望更多年青人參與計劃，充分把握機遇，積極拓展視野和國際觀，逐步實踐各自的夢想。我也誠邀更多朋友加入基金會，一起為培育人才出一分力。

彭一龍

湖邊有限公司主席
和平發展基金會創會成員及理事會
第二屆主席

對於我們所有人，尤其是和平發展基金會來說，未來的發展將着力於
對未來領袖的培訓、團隊合作和對新一代的關懷，重點解決環境與治
理工作方面相互交織的挑戰。這兩項優先任務需要不同的專長，亦對
未來至關重要，因為我們要應對氣候變化，也要維護人類和平與其之
間的平衡。我很榮幸能夠成為和平發展基金會創會成員、理事會成員
和第二屆主席。

能夠建立一個致力支持和幫助志願者增長知識和提高技能的團隊，實
在叫人振奮。我們在過程中獲益良多，亦將繼續與這些年輕的志願者
們一起成長。

看到和平發展基金會多年來不斷的演變發展至今，我感到非常驕傲。
我們得到贊助人的長期支持，並以相對世界上任何基金會幾乎最低的
行政費用，來確保最高水平的管理和運作。

這本書以一種獨特的方式，記錄了許多志願者推動和平發展的美好回
憶，並將這些寶貴經驗與還未參與的人分享，使我們更緊密地聯繫起
來，好讓大家深入感受和領會我們取得的成果、曾錯過的機遇，以及
達至的成就。對於能夠與基金會理事們、志願者和創始成員一起工作
並向他們虛心學習，我感到無上光榮。我衷心希望更多人在閱讀本書
後，對和平發展基金會的未來發展和可能性充滿希望，並請盡一切可
能參與及提供任何支持。願這本書能帶我們看到人類自身的力量及那
些可以實現的共同目標，攜手努力邁向 21 世紀！

衷心感激讓我在此為本書致辭。

Charles Brown

Lakehouse Chairman

**Founding Board Member and Chairman Emeritus,
Peace and Development Foundation**

The future for all of us and the Peace and Development Foundation especially, is the development of future leaders, team work and caring for generations to come, focused on the dialectic between the environmental and governance challenges. Both priorities have different skills and are so fundamental to the future as we navigate the climate changing and ensuring balance for human peace. It is an honor to be a member of Peace Development Foundation as a member of the board and Chairman.

The idea to provide a team with support and help volunteers in advancing knowledge and skills key to our environmental future, has been exhilarating. So much has been learned and we continue to grow with these young volunteers.

I am very proud of the evolution of the Peace and Development Foundation over the years to where it is today; bringing in long term sponsors, ensuring the highest level of governance with equally lowest costs of almost any foundation in the world.

This book is a unique way to capture the moments for everyone who has participated and many who have not in bringing all of us closer together. It allows us all in our own individual way to feel and sense what we have achieved, our missed opportunities and our successes. The honor of working with and learning from board members, volunteers and founding members, has been humbling and wonderful. I sincerely hope many people will read and see through this book a future full of hope and possibilities for the future of the Peace and Development Foundation and support in whatever way they can. May it also open our eyes to what humanity can achieve and where we can all go together as a shared goal, into the 21st Century!

Thank you again for allowing me to be part of the book.

何超瓊
銀紫荊星章，太平紳士

信德集團有限公司集團行政主席兼
董事總經理
美高梅中國控股有限公司的聯席董事長及
執行董事
世界旅遊經濟論壇副主席兼秘書長
和平發展基金會創會成員及理事

衷心祝賀和平發展基金會成立十五周年！

和平發展基金會（後稱「基金會」）是首個我接觸及參與聯合國相關工作的機構。身為創會成員之一，我很榮幸能跟基金會一起成長，與各位有共同理念及決心的基金會成員，合力為促進人類發展、滅貧及環境保護等方面，貢獻力量。

過去十五年，科技不斷進步，智能手機和社交平台的普及，讓技術廣泛傳播，提升了世界各地人民的生活水平，令貧困率和嬰兒死亡率下降，作為聯合國開發計劃署（UNDP）的官方合作伙伴，和平發展基金會有幸見證並參與實現《聯合國千禧年發展目標》。期間，我們也經歷了各種挑戰和危機，包括環球金融海嘯和當前的新冠肺炎疫症等等。然而，基金會各位成員始終初心不變，從不間斷地致力運用我們的網絡和資源，積極投進，配合為 UNDP 籌募經費，以支持和贊助各項相關領域的服務，為香港、中國大陸以至世界各地有需要的社群獻力；並聯合廣泛的社會資源，繼續協力推動實現和實踐《聯合國可持續發展目標》。

年青人是世界的未來主人翁，既是可持續發展的受惠者，更是促進者。因此，基金會除了資金贊助外，亦積極為年青人開創培訓和交流機會。我們自 2006 年推出「聯合國機構實習計劃」（後稱「計劃」），贊助香港學生到聯合國各機構單位學習。在為期三至六個月的實習過

程中，讓年青人了解聯合國的工作、相關的服務領域，以及各地文化，更重要的是認識國家，拓寬視野，以建立世界觀，成為良好的世界公民。至今，「計劃」已贊助了超過一百四十位來自香港八所大專院校的學生實習，當中有超過 70% 為女性；實習單位亦由 UNDP 駐華代表處，延伸至位於東南亞以至世界各地、涉及不同領域的聯合國機構，包括聯合國人口基金、UNDP 奧斯陸治理中心、聯合國教科文組織曼谷辦事處、聯合國難民署、聯合國婦女發展基金等等。更值得我們高興的是，「計劃」啟發和促進香港特區政府青年發展委員會自 2015 年起，跟基金會及其他兩個志願組織合作，推出「香港大學生義工實習計劃」，為更多的年青人帶來參與聯合國志願工作的機會。我們喜見更多的香港新生代加入建設我們的未來，為香港、中國以至世界的可持續發展，注入新思維和動力。

藉此機會，我感謝基金會的各位委員，及各個支持和合作單位的不懈努力和投入，成就基金會過去十五年的豐碩成果。誠願我們繼續攜手，為促進實現《聯合國可持續發展目標》，建設更美好的世界，作出貢獻。

周維正

Polaris Holdings Limited 董事總經理

其士國際集團有限公司非執行董事

巴林王國駐香港名譽領事館名譽領事

香港巴林商會會長

香港總商會理事會副主席

和平發展基金會理事、公司秘書、義務司庫及基金會十周年籌委會主席

培育青年領袖、參與義工服務及推廣可持續發展一直是本人的優先目標之一，所以當 2008 年獲邀請加入和平發展基金會（下稱「基金會」）作為理事，及後兼任公司秘書和義務司庫，我深感榮幸。

基金會旨在為青年提供不同領域國際義工服務的平台，藉着參與實習工作，以提升自身能力及增加對各地文化的理解，為世界和平及發展作出貢獻。

基金會以最低的行政費用運作，大部分善款均用於贊助學生及支持聯合國開發計劃署在中國推展事務的經費，為此我倍感自豪及感謝各工作人員及財務部義工的支持。

獲選的大學本科畢業生和研究生通過聯合國機構實習計劃，在全球最大和最成功的機構工作，認識聯合國一百九十三個成員國的多元文化，對有關議題更深入地了解其思維和運作模式。協助項目包括氣候變化及環保、生育健康、城鄉技能培訓、人口與發展、災害應對等議題，當中的國際經驗和人際網絡、落實計劃過程及前線工作，是十分難得的寶貴經驗。這本書就分享了實習生所面對的問題，過程中的喜與樂，及講述實習經驗為他們帶來什麼樣的改變。

期望學生們在參與實習計劃後學以致用，回饋社會，薪火相傳，成就不凡！

在此亦感謝一直支持基金會的贊助人及善長的慷慨支持。

施費葆奇

和平發展基金會理事和籌款委員會主席

和平發展基金會一直不遺餘力培育香港青年一代，我十分高興為基金會理事一員！

基金會為香港註冊的非牟利機構，100% 捐款均來自各位善長、贊助人及理事們的支持。過去基金會曾經籌辦了多項籌款活動，我有幸參與其中並作為籌款委員會主席，十分感恩各位善長出錢出力外，亦盡全力推動基金會的工作，我們均抱着同一個宗旨及理念，提供機會給予香港本地青年，通過在聯合國機構內的實習經驗去擴闊視野，接觸國際。

適逢今年是基金會十五周年紀念，藉此向善長及贊助人致以至誠謝意，感激你們對基金會的慷慨支持！

在籌備這本手記的過程，欣然見到多位曾參與實習計劃的畢業生，今天已經是獨當一面的年青領袖，有的在跨國企業工作，亦有開設自己的公司，或在公共服務團隊內工作，利用不同的平台和崗位回饋社會，為落實可持續發展目標而努力，我倍感欣慰見證着同學們的成長！我期望通過這本手記能啟發他們的師弟師妹，積極參與實習生計劃，在成長階段中寫下精彩一篇。

徐英偉

德勤中國合伙人
九龍樂善堂常務總理
和平發展基金會理事

無論是順境、逆境，人才始終是社會發展的關鍵動力。和平發展基金會成立至今十五載，始終秉持聯合國可持續發展目標，賦能社會基層改善生活，推動人才發展。

其中，基金會一直致力於高端人才培育，並與眾多具影響力的政商學界機構交流合作，為香港年青人提供開拓國際視野的實習機會，幫助他們在外地實習的過程中提升實務知識和專業技能，增進跨文化體驗。

常言道：「知識改變命運」，但是培育人才的使命不止於此。更重要的是，我們能夠通過基金會作為平台，為年青人提供各式各樣的支援和機會，讓他們能夠累積更多元化的工作和人生經驗，及早打好基礎，享有平等機會向上流動，最終人人都能夠各展所長，回饋社會。

展望未來，我們鼓勵更多年青人踴躍參與基金會的聯合國機構實習計劃，藉此豐富人生經驗和知識技能，努力成為多元人才，為促進社會以至全世界的可持續發展貢獻力量。

馬逸靈

一丹獎基金會秘書長

和平發展基金會理事

熱切祝賀和平發展基金會成立十五周年紀念！

教育公益在我們身處的社會環境裏有非常珍貴的存在價值。從每一位曾經參與聯合國機構實習計劃的年輕人身上能看到他們都是帶着熱誠和回饋社會的心去把每件事情做好的。有這樣難能可貴的學習機會，全憑無數熱心的社會人士支持與和平發展基金會搭建起來的公益網絡。我希望每位年輕人繼續努力，各展所長，帶着這份熱誠走到社會裏每個角落，把正能量傳遞出去並用它來啟發身邊的所有人。

此前還未有機會加入我們這個旅程的朋友們，請多加關注並積極參與我們的活動！從本書裏記錄的個人分享就可以看得出，在聯合國機構及全球各地的辦公室實習的確能夠讓年輕人放眼世界，並與來自不同文化背景的人進行深度交流，建立長久友誼。

我親身感受過教育帶來能夠徹底改變人生那強大力量，深懷感恩之心也非常願意和大家共同為更美好未來而一起努力。有幸參與到和平發展基金會的理事會裏並為教育公益出一份微薄之力，盡我所能去回饋社會，是一種福份。期盼着更多志同道合的朋友們踴躍支持，讓愈來愈多的人能夠受惠！

聯合國實習手記

邁向世界舞台的第一步

那次實習就是一次
身體力行的體驗，
也是一個謙虛求教的
過程。

姓名：	汪亮（Wang Liang）
大學：	香港大學
實習年份：	2006
實習機構：	聯合國開發計劃署駐華代表處
現時：	世界銀行東亞及太平洋地區中國蒙古韓國高級國別官員

衷心祝賀和平發展基金會成立十五年，基金會一直致力支持及培育年輕人走出香港，意義深遠。

我是基金會在 2006 年資助的首批聯合國開發計劃署實習生之一。那是一個令人難忘的夏天。猶記得當時我加入了社會保障工作團隊，其他實習生則投身貧困、性別和傳訊等領域的工作。那次實習就是一次身體力行的體驗——善用學校所學，應用在實際工作之中；也是一個謙虛求教的過程——那時乃至現今的中國仍有很多貧困人民，整個國家的發展及挑戰實在有太多需要學習體驗的東西；還是一次大開眼界的經歷——它使我了解到國際組織，如聯合國是如何在中國這樣的大國和複雜社會中落地，又如何與政府、合作伙伴和人們攜手而行；更是一種社會閱歷——當年在聯合國開發計劃署認識到致力發展工作的人們，有部分成為了我後來在世界銀行的同事。這個實習機會為我打開了通往國際發展領域的大門。在那之後的十五年中，我持續深造，推動有關發展的工作。和平發展基金會一直以來為香港年輕人提供尤其是在中國的大環境中親身體驗發展工作的機會，實在

10/08/2006

―― 當年在北京聯合國大樓留影

值得稱譽。香港這樣的國際大都市和其年輕人非常需要這種全球和發展視野，故見到各位在我之後的實習生便猶覺欣慰。致我們，致和平發展基金會，致所有基金會的支持者和合作伙伴，十五周年快樂！

疫情下的聯合國實習

我申請了休學半年，
也需要延遲半年畢業。
然而，我會毫不猶豫地說，
這是值得的。

姓名：	李俊傑 （Oscar Lee）
大學：	香港大學
實習年份：	2020
實習機構：	聯合國開發計劃署 駐華代表處（監察 與評估小組）

一切都由 2020 年的夏天說起。

那是一個讓人激動的上午。一封簡短的電郵，卻使我難以平復：我收到了聯合國開發計劃署（UNDP）監察與評估小組的實習錄取通知。聯合國是我嚮往的工作單位，能透過在 UNDP 實習，深入了解現時中國的環境及社會問題，並為可持續發展做貢獻，且自己一直希望探索北京這座城市，故我十分珍惜這個來之不易的實習機會。

在與聯合國的故事開始前，先要經歷招聘。監察與評估小組的招聘有三輪：第一輪為筆試，主要測試應徵者的邏輯思維和語文能力；然後是第二輪的中文面試和第三輪的英文面試，面試官分別是監察與評估執行官與團隊的一位實習生，以及幾位其他部門的同事。過程中輕鬆愉快的交流和對 UNDP 及監察與評估小組的詳細介紹，不只大大增加了我對 UNDP 駐華代表處的認識，更令我對加入聯合國的決心更為堅定。

—— 聯合國大樓大門

　　實習由 2020 年 6 月開始。起初由於疫情原因，需要在家遠程工作，這與我以前的實習經歷十分不同。我需要每天為自己制定時間表，找一個安靜的角落讓我能專心工作，日常工作都只用電郵和視訊軟件交流。雖然也能順利完成工作，但少了與同事們的面對面交流，難免有些失落。

　　我的上司名叫孫乾，大家也叫他乾哥。他是一個工作高效、極具責任心，還很關愛下屬的人。遠程工作期間他已對我十分照顧，經常關心我的工作狀況。雖未能親身到辦公室，乾哥已為我進行了全面的入職培訓，使我很快便熟悉整個 UNDP 的運作，並上手監察與評估小組的工作。

　　與和平發展基金會的結緣，也與乾哥有關。當時乾哥知道我隻身一人到北京實習，會有一定的經濟壓力，所以他向我推薦了與聯合國一直有緊密合作的和平發展基金會，看我是否合資

格申請其補助。一般申請都需通過香港的大學進行招聘，才有機會獲得補助。特別感謝和平發展基金會，在疫情期間破例批准了我的申請。有賴所有和平發展基金會的同事及捐助者，使我能更順利地在北京進行實習。

終於，同年 8 月我出發前往北京。疫情關係，我需要在指定地點集中隔離十四天及作健康監測。隔離期間我只能在一個約二十平米的房間內活動，每天除了工作和鍛煉之外，便是無止境的寂寞。加上為了疫情防控，隔離期間不能點美團外送，十四天只能不斷重複點三個酒店的指定套餐，使人無奈。隔離難捱，終於等到重獲自由，能到街上呼吸清新空氣的那天。相比起五、六年前，北京的空氣質素大有改善，現在已很少有霧霾出現，連我這個長期的鼻炎患者也沒有感到不適。全球疫情下，北京更可說是避疫的天堂，政府控制疫情得力，人們甚至不需要在室外地方強制佩戴口罩。

隔離完成後的第二天，我便來到了聯合國大樓。大樓位於北京使館區內的亮馬河旁，四周環境優美，種植了許多柳樹，大樓背後有一條銀杏大道，深秋期間葉子都會變成金黃色，大家在午休期間也喜歡在使館區周邊散步。聯合國大樓分主樓和副樓，主樓有三層，裏面駐有好幾個聯合國組織，但大部分辦公室區域也屬 UNDP；副樓主要是一個大會議室，對出有一個小花園，通常有重要的公開活動和全體員工會議，便會在那裏舉行。

在舒適的工作環境下，我開始了在辦公室的工作，也感受到

—— 聯合國大樓外的亮馬河

監察與評估小組高強度、節奏快的工作模式。我們小組工作量
大，但成員只有乾哥和兩位實習生，所以實習生能在團隊中發
揮主導和積極的作用，直接在許多項目和工作中提出自己的意
見。8 月至 12 月期間，在 UNDP 駐華副代表戴文德先生和乾哥的
指導下，我們監測及評估了 UNDP 在中國所有項目的進展，確保
項目順利進行，並於每個階段完全合規；我們也與不同的團隊合
作，按照 UNDP 總部和區域辦事處的要求，進行特定工作；同時
為所有項目提供支持，以加強項目管理，減輕潛在風險；必要時
我們也參與了出差任務，到項目點進行實地考察。

由於工作量大，我們團隊經常需要加班，但同時也令我們團
隊的私人關係變得十分緊密，我們經常會出去聚餐，進行各種聯
誼活動，更在 12 月一起去了雲南香格里拉旅行。

實習期間，我透過監察與評估的工作，對 UNDP 在華項目有了更深刻的了解，還參與了辦公室審計的準備和籌劃，以及由我們團隊主導的駐華代表處年度報告，使我獲益良多，擴闊視野。此外，我也結識了一群可愛的朋友。UNDP 的實習生都會坐在同一個辦公室，有很多機會交流，故此也變得十分熟悉，午休或下班後經常會約在一起，周末放假也會同行遊玩。由於我們小組的工作性質比較獨特，我經常有機會接觸到其他團隊的同事，這也令我跟很多同事的個人關係變得緊密，偶爾也會相約晚飯和小酌一杯。

　　在港大和文學院副院長的幫助下，我申請了休學半年，也需要延遲半年畢業。然而，我會毫不猶豫地說，這是值得的。我會推薦任何一個對發展工作有興趣的朋友，到聯合國進行實習，因為你絕對可以在聯合國中獲得一些啟發，這也會是一個難以取替的人生經歷。最後，特此感謝和平發展基金會、港大學生發展及資源中心、聯合國開發計劃署、乾哥和辦公室裏所有的伙伴和同事們。

—— 監察與評估小組攝於香格里拉（左、中、右：我、實習生 Luke、乾哥）

在聯合國的日子

也許最初是因為理想，但現在是因為看到自己和聯合國的每一個員工都在腳踏實地、充滿創造力地為實現可持續發展目標完成每一項工作。

姓名：	方又頡（Cathy Fang）
大學：	香港中文大學
實習年份：	2019
實習機構	聯合國開發計劃署駐華代表處（全球伙伴合作部）
現時：	於聯合國開發計劃署駐華代表處（全球伙伴合作部南南合作促進處）擔任項目助理

談談實習

還是在 2019 年 2 月的時候，有一天我的郵箱裏出現了一封郵件，是和平發展基金會提供資助到聯合國實習的資訊，懷着對聯合國一直以來的嚮往，我點開了它。在基金會的官網上，我看到多樣化的實習經歷，雖不像電視上作為聯合國大會的代表在大會議室裏侃侃而談，卻有着意想不到的多樣體驗。於是，滿懷着憧憬與期待，幸運的我通過了筆試和面試，正式以實習生的身分加入聯合國。

不似氣派的紐約總部大樓，聯合國開發計劃署駐華代表處（UNDP China）坐落於北京的使館區，為獨立院落，靜謐而神秘。走進辦公小樓，員工以女性和年輕人居多，裝修風格明亮而現代，完全看不出小樓已有接近四十年的樓齡。小樓的走廊掛滿了與實現可持續發展目標相關的，來自各行各業女性的故事以及

熊貓大使宣傳圖，讓初來乍到的我一下子湧現了為人類可持續發展進程效力的使命感。帶着這般期待，我正式開啟了長達九個月的實習生涯。

這是我第一次在國際組織的全職實習。第一天入職的我面對全英文工作環境和未接觸過的發展領域產生了極大的不適應。看到身邊的實習生們泰然自若地工作，而我看着上司交給我的資料一頭霧水，懷疑自己究竟能否做好這份工作。兩周後，當我對着那些閱讀資料依舊茫然，而上司幾乎未給我任何任務，我從心底開始質疑自己的能力，是否我確實不適合這樣的工作領域和環境。幸運的是，在同一個辦公室的同事們非常樂意接納和幫助我這個新人，他們告訴我，需要了解這些資料必須先了解 UNDP 的目標、發展方式、工作領域、發展歷史、組織架構、合作伙伴等等，而 UNDP 作為大型國際組織，這些內容十分龐雜，要充分了

—— 工作中的方又頡

—— 聖誕節，手中書為 UNDP China 40 周年紀念冊。

解，只能在每天的工作中慢慢學習和體會，而不是在兩周內通過
幾份文檔就能認識。因此，在這裏實習，實習生不僅可以貢獻自
己的能力，嘗試多樣的工作內容，也能利用這個平台學習和了
解聯合國這個全球最大的跨國組織群存在的意義和運作方式。
而我亦不再質疑自己的能力，轉而思考我究竟想在這個地方學到
什麼，怎麼和上司、同事溝通，怎樣貢獻自己的能力。於是，
在渡過新手上任的第一關後，我開始沉下心探索在聯合國實習的
各種可能性，包括與不同文化背景的同事創建部門網上資料共用
平台、參與性別平等項目、深度參與三方南南合作項目管理、支
援南南日活動的舉辦以及部門的團建等等，而在各種各樣的嘗試
後，我慢慢找到了自己的興趣點，掌握了一套適合自己的工作方
式，深刻地了解 UNDP 存在的意義，也幸運地獲得了第一份全職
工作的機會。

談談轉正

　　不同於實習期那樣有更多的機會體驗不同團隊的工作內容，不斷嘗試和試錯，轉正伊始，職責範圍就基本固定了，接下來的工作便是按照職責範圍制定工作計劃，貢獻自己的能力。因此，如果說實習期大部分精力放在學習和探索，在轉正之後，認清自己的能力、按照工作計劃和目標付出、有效的時間管理和不斷地學習已然成為最基本的要求。有趣的是，我轉正時恰逢新冠肺炎疫情爆發期，按照疫情防控要求居家辦公，而作為新人，極需與上司和項目團隊成員密切的溝通，因此如何實現有效地溝通，達到預期工作效果和實現工作生活平衡成為我首要的挑戰。幸運的是，UNDP 有一個內部員工職業培訓的團隊，正好在我剛入職的時候，他們推出了在疫情期間教新人適應工作環境的網上課程，裏面提到新入職的員工可以通過建立一個定期溝通機制與自己的上司保持密切的溝通，同時通過積極運動、遠離電子產品的方式盡量區分自己工作和生活的狀態。於是，我和上司溝通，嘗試每兩周通過語音或者視頻進行交流溝通，內容包括對項目進展的資訊交換、對我的工作反饋和建議，以及對未來職業發展的建議等。通過這樣的方式，我不僅發現可以根據職業和項目發展目標不斷調整自己的工作計劃和工作方式，實現項目團隊中各成員資訊的充分交換，快速適應工作的節奏，也慢慢發現我不再是孤立地坐在電腦端的個體，能在生活中更主動地與許久未見的朋友保持聯繫，減緩疫情帶來的負面影響。而在不工作的時間，我會積極尋找運動的視頻，邀請朋友一起掛着語音運動。就這樣，我慢慢找到了掌控生活的秘訣。

隨着全國範圍內疫情防控的好轉，轉眼迎來了線下辦公的日子。與此同時，隨着工作的逐步深入，熟練度的增強，我也逐漸從支援性的角色轉換為部分業務的主要負責人。不再是上司佈置一項簡單的任務，按照要求完成即可，而是需要主動了解業務的背景，提出自己的方案，在積極與各方統籌協調下，及時、保質地開展相關工作。在此期間，我成功籌備項目、多個會議和培訓會以及南南日活動特別環節，在項目管理上也承擔了更多的責任。經歷這些的我，不僅更充分地挖掘和培養了自己的能力，也更清晰地認識自己為什麼選擇在聯合國工作。也許最初是因為理想，但現在是因為看到自己和聯合國的每一個員工都在腳踏實地、充滿創造力地為實現可持續發展目標完成每一項工作。

　　最後，我還是想感謝和平發展基金會給我的資助，開啟了我與聯合國的緣分，而實習的九個月，正是和平發展基金會的資助，讓我能在不用擔心經濟壓力的前提下，全心全意體驗聯合國的生活，思考自己的未來職業發展目標。同時，我也希望我的經歷，能給正在閱讀這篇文章的你們，對聯合國有更深刻的理解，或許這裏的日子會有挑戰和失望，但在這裏也能收穫友誼、廣闊的視野和找到自己未來的方向！

—— 南南日慶祝活動

聯合國實習——
一段寶貴的旅程

那是我人生中一段
非常寶貴的旅程，
也幫助當時
剛剛完成學業的我，
明確了未來
想要從事的工作方向。

姓名：	鄭棪文 （Emma Zheng）
大學：	香港中文大學
實習年份：	2019
實習機構：	聯合國人口基金駐華代表處（傳播組）
現時：	在某國際環保組織從事傳播與公眾倡導工作

　　時間飛逝，距離我結束在聯合國人口基金的實習已經快一年了。如今當我在十分忙碌的工作間隙回想起那段時光，依舊覺得那是我人生中一段非常寶貴的旅程，也幫助當時剛剛完成學業的我，明確了未來想要從事的工作方向。

　　聯合國人口基金的工作旨在幫助婦女和青少年獲得更多機會，並擁有健康且富有成效的生活。它致力在這個世界實現：每一次懷孕都合乎意願；每一次分娩都安然無恙；每一個年輕人的潛能都能充分發揮。

　　實習期間，我在傳播官的指導下，主要協助準備機構所有的傳播材料，包括新聞稿、媒體摘要、政策簡報、網站通訊及社交媒體內容；同時定期追蹤聯合國人口基金及其他聯合國機構在不同國家和地區代表處的最新動態和報道。這些工作使我有機會實際運用我在新聞與傳播學院學到的知識，同時進一步鞏固和提升

—— 參與聯合國日活動

—— 2019 年是聯合國人口基金成立五十周年，
並且在華開展工作四十周年。

了專業技能。

特別是在實習後期負責起官方微博的營運和拓展工作，傳
播組會以慶祝或紀念一些重要的日子為傳播契機，如世界人口
日、世界人道主義者日、國際青年日、國際助產士日等，向公眾

分享性別平等、女性賦權、性與生殖健康、青年領導力等相關資訊，倡導更好的行為和實踐。在準備內容的過程中，我學到很多，特別是如何將國際化的內容在當前中國的背景和語境下本土化，以更好地觸達廣泛的公眾。值得一提的是在「2019 年世界人口日」為期一周的線上活動裏，我們推送的圖文內容累計觸及約二十萬觀眾；同時在社交媒體上圍繞「婦女兒童保健、健康老齡化、青年參與和領導力」等議題開展了富有成效的交流和討論，讓聯合國人口基金的使命更進一步被公眾知道和認同。

此外，2019 年也是特殊的一年——聯合國人口基金成立五十周年，在華開展工作四十周年，以及具有里程碑意義的國際人口與發展大會（ICPD）召開二十五周年，我很榮幸地參與了一系列紀念活動的籌辦。在編寫四十周年紀念冊時，我協助整理機構在華史上具有里程碑意義的事件，收集相關歷史照片，在機構編委

—— 為「紀念國際人口與發展大會二十五周年」作準備

會完成初稿後，再向有關政府部門及專家學者徵求修改意見。在製作四十周年紀念短片時，我協助撰寫腳本，進行採訪拍攝及後期製作。歷經多輪修改與審議，在翻開印刷版紀念冊和播放完整紀念片時，我體會到由衷的喜悅與滿足。

除製作傳播材料外，我也協助舉辦線下宣傳活動。2019 年 10 月，聯合國人口基金駐華代表處舉辦了一場青年圓桌對話，為將在非洲肯尼亞的內羅畢（Nairobi）召開的「紀念國際人口與發展大會二十五周年峰會（簡稱『人發大會』）」做準備。為了讓參加者及觀眾更好地了解大會及其《行動綱領》，傳播組決定在北京重辦一場由亞洲和太平洋區域辦事處在泰國曼谷舉辦的展覽，通過十五個各具特色的人物故事講述「人發大會」的原則和綱領。從內容編譯、圖文設計、物料選擇到現場佈置，展覽籌辦的每一環節都極富挑戰，也讓我有機會第一次體驗到作一名「策展人」的不易，及隨之而來的成就感。

還有很多細微的工作無法一一列舉，但這一切都讓我快速學習與成長，積累重要的經驗。實習期間，我的直屬上司及其他前輩同事都非常樂意提供指導和幫助，為此我深表感謝。

我很開心在這裏遇到了一群志同道合的伙伴，雖然我們來自不同地方和文化背景，但都想在各自的領域努力讓這個世界變得更好。這讓人備受鼓舞，也讓我更加明確了之後想繼續從事可持續發展領域的工作。

最後，十分感謝和平發展基金會的資助，為我在北京的居住和生活提供了很大的支持，讓我能全心投入到實習工作中。祝願基金會愈來愈好，幫助更多學生走進國際組織，受益於實習項目。

── 有關聯合國人口基金的展覽

探略糧農組織全球環境基金專案的神秘桃花源

姓名：	康澤欣 （Kang Zexin）
大學：	南開大學
實習年份：	2019
實習機構：	聯合國糧農組織駐華代表處（全球環境基金專案組）

對我未來的職業生涯來說，
它就像是一條寬闊的階梯，
讓我站在更高的地方，
看到了更遠更廣闊的天地。

得益於和平發展基金會（PDF）提供的機會與資助，我在本科的最後一年得到了一次難忘的聯合國實習經歷！與大多數同學進入聯合國開發計劃署、聯合國教科文組織等為外人所熟知的聯合國機構不同，出於個人興趣與經歷，我的選擇有些別具一格——聯合國糧農組織全球環境基金會專案組。

什麼是糧農組織和全球環境基金會？

聯合國糧食及農業組織（Food and Agriculture Organization of the United Nations，FAO）是聯合國關注饑餓、糧食浪費和農業問題的專門機構，是為了解決全球饑荒和農業問題而建立的跨國合作組織。

全球環境基金（Global Environment Facility，GEF）是世界銀行 1990 年創建的國際合作機構，由一百八十三個國家和地區組

—— 與糧農組織全體成員合照（攝於實習最後一天）

成，其宗旨是與國際機構、社會團體及私營部門合作，協力解決環境問題。在促進地球環境方面，GEF 已成為全球最大的計劃資助者，它提供贊助予改善生物多樣性、氣候變遷、國際水資源、土地退化、臭氧層與持久性有機污染物相關的計劃。在 GEF，中國既是受資助最多的受援國，又是發展中國家中捐資最多的捐款國。中國獲得的資金主要用於應對氣候變化和生物多樣性的維護。FAO 是協助管理 GEF 資金專案的聯合國機構之一。我這次所參與的就是 FAO 所管理的 GEF 專案組工作。

接地氣的大家庭和落於實際的「高大上」

進入聯合國工作之後，我發現這裏和我想像中很不一樣，卻又一樣。與從前印象中國家領導人商討國際爭端，對不公平不公正提出嚴厲指責的「高大上」印象不同的是，這裏每個人都親切友好，平易近人，對我十分關照和友愛。相同的是，我們

的工作內容激動人心，着眼於全人類共同的可持續發展，監督與管理中國鄱陽湖、洞庭湖自然保護區的 GEF 資金項目，支持環保和保護區建設，讓我深感踐行理想，不虛此行。此外工作組成員能力不凡又腳踏實地，特別是我的主管老師，給予了我許多指導和幫助。

主要職責與成果

這段實習中我負責的主要業務是 GEF 項目宣傳，撰寫並發布新聞稿。除此之外，出於對聯合國各項工作的好奇，我還盡力參與了許多其他豐富多彩的活動與工作。

在聯合國以英語作為主要工作語言的機構工作，翻譯是少不了的。實習期間我做了大量翻譯工作，大大鍛煉了我中英互譯的水準。例如為即將出版的「全球最佳減貧實踐挑戰獎」翻譯案例、撰寫講稿等。除了中譯英，也嘗試挑戰了許多前所未有的英譯中的任務，比如嘗試寫意地翻譯古詩。除翻譯外，我還扛起了幫助外國專家和地方政府溝通的職責，期間我也對如何撰寫和整理工作郵件有了更深的體會。

活動項目方面，我在主管的支持下，參加了許多不限於 GEF 的會議與活動。例如在 GEF 和地方執行機構之間的會議為日本專家進行同步口譯，鍛煉了口語溝通能力，也對我們在 GEF 基金和地方具體執行部門之間所起的溝通橋樑作用有了更深刻的認識。再比如與清華大學合作的創新服務設計支援地方扶貧的成果

展示活動等。我們還將稻田認養項目與騰訊基金會的合作計劃落地孵化，將該專案做成了一個微信小程式，該項目更參加了「我是創益人」2019 公益廣告大賽，成功入圍並獲得五萬餘元的資金以支援進一步開發。我在其中擔任文案產品經理，負責其中的內容開發和統籌工作。這可以說是主要工作之外我付出和收穫最多的一個項目了。在這段實踐中我得到了許多專案管理的經驗。

另外，我還有幸參加了「聯合國可持續發展目標示範村」專案啟動儀式。該項目中，廣發證券捐贈一百萬美元用於 FAO 農業合作專案，計劃於 2019 至 2021 年間選取四個貧困村，通過「互聯網＋農業＋金融」的模式，進行全方位幫扶，預計將有逾千農民成為直接受益者。令我印象深刻的是會後的大型圓桌會談，匯集了全國大部分與受幫扶村相關的公益力量和政府力量，不但有長期根植當地扶貧的公益組織，還有多家大型新興私

—— 作為首位向全辦公室匯報工作的實習生講述工作成果和經驗

—— 與 FAO 駐華代表馬文森先生合影

營互聯網企業,在有來有往的相互交流中,我對當前扶貧工作的
突破點、現狀和困境等難得的寶貴一手經驗有了更多的體會。

總結

　　在這段實習期間,我從發現到分析問題,進一步地探索,最
終解決了一個困擾大家已久的難題。大家非常認可並感謝我的努
力,我也因此成為這裏第一個向整個辦公室做工作總結展示的實
習生,開了一場小型的經驗分享講座!我也為其他項目做了一些
貢獻,對聯合國機構的運作有了更深入的了解,獲得了非常多的
個人成長經歷。我想這將是我最難忘的實習之一。在這段經歷之
後,我原本對聯合國抽象的想像,已經成為一種具體的理解與印
象。對我未來的職業生涯來說,它就像是一條寬闊的階梯,讓我

站在更高的地方，看到了更遠更廣闊的天地。在這段經歷的幫助下，我也成功申請成為新一年倫敦大學學院的研究生，開啟新的旅程。

　　時光荏苒，四個月的實習時間轉瞬即逝，我在聯合國的故事暫時畫下了一個句號，但我相信，這絕不是訣別，而只是一個開始。祝願每一個對聯合國有夢想的小伙伴終有一日願望成真，圓夢 UN ！

北京聯合國教科文實習生手記

這次實習完全超越了我的期望。

姓名：	林卓姿（Cynthia Lam）
大學：	香港中文大學
實習年份：	2019
實習機構：	聯合國教育科學及文化組織駐華代表處

能作為聯合國教科文組織（UNESCO）北京辦事處自然科學（「夢想」）團隊的一員應是我人生迄今最好的工作經歷之一。

那幾個月我不僅沉浸在許多學術討論中，還組織了其中一個聯合國規模最大的活動，在紐約聯合國總部參加了青年氣候高峰會，遇到了很多聰明善良的人。我很喜歡在這裏工作，甚至喜歡到會討厭周末不用上班的程度。在這裏的工作氛圍下，加班乃至工作時間以外的會議和繁忙工作日程也變得愉快。

9月中旬在長白山舉行的 2019 年 Man in Biosphere（「人與生物圈計劃」，又稱 MAB）青年論壇是我在實習期間參與最大型項目之一。該論壇匯聚了來自世界各地的年輕人，提出了「2020 年後生物多樣性行動框架」，以應對氣候變化和可持續發展的問題和挑戰。我當時主要負責與生物圈保護區和 MAB 全國委員會相關人員的聯絡工作，還為 MAB 青年論壇提供後勤支援，如為參與者安排旅程和住宿、發出邀請函等。我還起草了各種正式公函文件和聲明，設計了該活動的對外宣傳材料。在 MAB 全國委員會的聯絡工作中，我遇到了實習期其中一個最大的挑戰：語言障礙。這些國家和地區的部分官方語言是法語或葡萄牙語，溝通

—— 林卓姿在紐約市聯合國總部的青年氣候高峰會

過程中一度出現讓我難以理解和回覆其信息的情況。但借助網上翻譯工具及辦公室各同事的協助，成功克服這挑戰，更讓我進一步了解到 MAB 和其他可持續發展和生物多樣性管理項目，並學會了如何用這種論壇的方式把志趣相投的人聚在一起。

其後，我們團隊也很幸運地獲聯合國邀請出席 2019 年紐約青年氣候高峰會。參加者是五百名來自世界各地的青年，他們都是致力於應對氣候變化的創新者、企業家和變革者。整個活動如此強大，充滿了力量、歡樂、活力、奉獻、尊重、希望和對地球上每一個生命的愛。與志同道合的年輕人交談，結識來自Google、Nike、Microsoft 的人，又參加了 Instagram、Facebook 和

—— SDG13 是我們北京辦事處自然科學組其中一個重點

YouTubers 的研討會，絕對是我實習中最難忘的時刻之一。它激發了我決志要為傳播氣候變化的知識作出更多貢獻的志向。

　　這次實習完全超越了我的期望。我從沒想過自己會如此享受在 UNESCO 實習，並能有如此多的學習機會。儘管實習期已經結束，但我在聯合國的旅程尚未終結。我希望通過繼續參與 MAB 青年論壇和氣候行動高峰會，能夠分享我作為科學家的觀點，並融合來自世界各地和不同研究領域的參與者的想法，有效地為《巴黎協定》作出貢獻，共同應對氣候變化。

　　在此我要感謝 Philippe Pypaert 先生、UNESCO、和平發展基金會（PDF）、我的團隊成員（Han、Zengquan、Fengyi 和 Junfei）以及 UNESCO 北京辦事處的其他實習生（是的，是你們：Aseem、Zhangyu、Scott、Yudan 等）。感謝 PDF 對我在北京生活的財政

支持，並在我對實習有疑問時為我提供幫助。我還要特別感謝 Philippe Pypaert 先生，在他的指導下，我學到了很多有關職業道德操守、談判技巧和個人技巧的知識。我也對聯合國系統的運作以及 UNESCO 在聯合國系統中的功能或角色有了更深的了解。與自然科學團隊合作就像魔術一樣，我們之間充滿着信任、相互理解、尊重、能力和喜悅。

實習結束已一年。當我寫這篇文章時，會議期間以及與其他實習生互動的畫面依然歷歷在目，直到現在，我和大家仍然保持聯繫。我不僅收穫了寶貴的實習和工作經驗，更獲得了比任何東西都更珍貴的事物——終身的友誼。

—— 在紐約市聯合國總部的青年氣候高峰會

青年參與國際發展的實踐和理論

姓名： 馬小涵（Bonnie Ma）

大學： 香港中文大學

實習年份：2019－2020

實習機構：聯合國人口基金駐華代表處（性別組）

現時： 西班牙 IE 大學國際發展碩士在讀

在實習的第七個月，新冠疫情爆發，聯合國人口基金駐華代表處第一時間向中國的婦女和青年提供人道主義援助。

性別視角是國際發展援助項目的重要一環，女性的需求也是常常被忽視的一個方面，

這不僅需要有社會科學的理論背景，也需要親身在項目實施中的體悟。

　　我有幸於 2019 年 6 月至 2020 年 6 月期間在聯合國人口基金駐華代表處實習，參與性別和性與生殖健康及權利小組的工作。實習期間，我參與到聯合國駐華機構在國家層面的項目執行，並從性別和性與生殖健康及權利的角度，深入了解國際發展，這與我之前人類學的教育背景很好地契合，實習結束後我選擇繼續深造，為日後從事國際發展和全球治理工作積累更多經驗及知識。

　　在聯合國人口基金駐華代表處實習期間，我特別參與到以下主題的項目：「促進婦女和女孩的生殖權利」、「結束基於性別的暴力」，以及「解決諸如基於性別偏見的性別選擇等有害做法」。

其中的一個項目是同全國婦聯展開的，關於促進女性平等就業的課題研究。在項目官任亞楠女士的教導下，我完成項目前期的研究分析、證據和數據收集、項目文件起草並組織項目磋商會議。在項目執行的實踐中我意識到，在國家層面上，由國際非政府組織主導的國際發展項目大多集中在政策倡導和意識提升方面，而合作伙伴的執行情況也是如此，因此伙伴關係的建立和協調至關重要。

在隨後的數個月裏，我協助參與到「聯合國人口基金 2016-2020 年第八周期國別方案」的評估中，小到相關項目文件的翻譯、會議日程安排等瑣事，大到參與討論第九周期國別方案的設計和準備，這對剛剛開始工作的年輕人是一個珍貴的機會，從實踐中了解到聯合國機構在國際發展中如何進行周期性方案的規劃、協調、執行。

—— 北京聯合國大樓門前

—— 參與聯合國人口與發展大會

　　在實習的第七個月，新冠疫情爆發，聯合國人口基金駐華代表處第一時間向中國的婦女和青年提供人道主義援助。疫情初始階段，辦公室立即申請聯合國系統內的緊急援助基金，根據需求分析採購人道主義援助所需品，其中不僅包括緊急的藥品、呼吸機等緊缺醫療器械，也包括衛生巾等女性衛生用品。疫情期間一線醫療救援團隊中女性所佔比例超過三分之二，同時緊急隔離期間女性衛生用品也是普遍大眾的必需品。這正是將性別視角帶入國際發展援助項目的重要一環，女性的需求也是常常被忽視的一個方面，這不僅需要有社會科學的理論背景，也需要親身在項目實施中的體悟。

　　在讀書期間，我修讀多門性別相關的課程，也在南南合作中參與對莫桑比克、津巴布韋、尼泊爾的人道主義援助項目，為遭受自然災害地區提供帳篷、食物、醫療等物資援助，特別是協助

搭建緊急助產室的物資，我再一次對於人道主義援助中的性別視角在實踐中有了更真實的認知。大多的情況下，援助大多集中在贈予及借貸的經濟援助。如何在國際發展援助項目中更好的賦權女性，如何讓保障脆弱人群的人道主義權利及國外援助發揮多元效用，這也是我目前研讀的課題之一。

讓我印象深刻的是，聯合國機構為員工和實習生提供持續的培訓。總部和區域辦事處定期安排主題培訓和網絡研討會，包括傳播工作坊、針對婦女暴力的研討會，我也盡可能參加。結合實習期間的實際工作和培訓，我對於聯合國系統的工作和執行，有了系統的了解，個人工作能力也漸漸提高。我們辦公室的大部分同事都擁有博士學位，有的還邊工作邊修讀博士課程，這激勵着我繼續深造。

實習期間，除了管理和執行，我還掌握了公函寫作的專業知識，協助校對和出版政策簡報和刊物，助我更了解在國際發展視

—— 同組的同事們

角下性與生殖健康及權利。在項目官文華女士的指導下,我協助準備了多項會議文件,包括衛生部門如何應對基於性別的暴力等。在人口基金青年組的全面性教育課程的開發中,對性別敏感的內容提出修改意見。

我很感謝這次不尋常的實習機會。對於一個初出茅廬的學生,聯合國機構實習是一個非常寶貴的機會,非常感謝和平發展基金會提供的經濟支持。在此,我對和平與發展基金會、聯合國人口基金、香港中文大學表示衷心的感謝。沒有他們,這對我來說是不可能獲得的經驗。希望我可以在國際發展的這條路上,愈走愈遠,也盼望有更多的年輕人參與到國際事務和國際發展的建設中。

保育工作的
奇妙旅程

姓名：	戴樂殷（Carina Tai）
大學：	香港大學
實習年份：	2019
實習機構：	聯合國教科文組織曼谷辦事處

> 我也沒想到，自己大學生涯中最後一個學期會展開一段如此多姿的奇妙旅程，讓我反思何以保育工作需要我們的努力、參與和堅持。

我也沒想到，自己大學生涯中最後一個學期會展開一段如此多姿的奇妙旅程，讓我反思何以保育工作需要我們的努力、參與和堅持。聯合國教科文組織（UNESCO）固然是一個積極進行保育的知名國際組織，但它在倡議有關方面的對話所下的功夫更是讓我備受啟發。

在六個月的實習期內，我跟 UNESCO 曼谷團隊的特約編輯 Lavina Ahuja 合作無間。我的任務是利用我的專業技能，為 UNESCO 曼谷辦事處起草並提交建築圖則。她告訴我，這些圖則將成為刊物《聯合國教科文組織亞洲保育工作錄（Asia Conserved for UNESCO）》中的一部分。這本刊物匯集了亞太地區所有獲獎和受到認證的保育地點的詳細描述和建築圖，而我需要做的就是將那些地點的位置圖、工地圖、底層平面圖、立面圖和剖面圖以專業建築學的表述方式繪製呈現給讀者。為了幫助我更好地理解這本刊物的意義，我在開始前先細閱了不少相關文件，對各保育地點有了一定的認知。

文件綜述階段

　　辦事處先是為我提供列有各地點的背景資料的文件。這些資料包括聯合國教科文組織亞太區文化遺產保護獎的報名表格、保育計劃説明、現存建築圖片和與繪製圖紙相關的草稿。我需要僅憑這些資料，在交稿日前完成我的工作，因此我必須確保這些文檔包含了足夠的內容，這樣我才能在不做任何實地考察的情況下，完成任務。

　　因為大部分都不是香港的保育地點，所以老實説，我很難通過親身拜訪與觀察來了解它們。由 UNESCO 提供的基本資訊和材料是我在腦海中繪製出那些地點初貌的第一步嘗試，但我沒想到的是，這些內容豐富的程度竟然可以讓我不只對那個地方有了一定的認知，甚至還了解到他們背後的保育視角。

圖紙提交

　　細閱了這些文件後，下一步便是開始繪製的工作。基於這個任務的技術性質，要完成其實並不是很難，熟知電腦軟件的確加快了繪製速度，然而最大的挑戰卻是決定到底要在繪圖過程出突顯哪個部分。我非常清楚這些保育地點的重要性，所以如何在建築圖則中展示相關的保育元素便成為了一個很大的疑問。

　　在收到主管的建議後，我逐漸掌握了如何利用線條和顏色來突出那些地點和建築物中不同組件的重要性。我也知道了要如何

選擇哪些要或不要的部分囊括在圖則中，從而幫助更好地呈現出那些別具特色的元素。在接受實習錄取前，我有想過會用到自己電腦繪圖方面的技能，但說真的要牽涉到建築相關的實際繪圖技巧，卻絕對是一個「意外之喜」。

例會

從一開始，我和主管之間的會議就是關於我要做什麼、對我有什麼期望和工作上的要求。為了確保工作能順利進行，定期向主管匯報是必須的。在與主管開每月例會之前，我都需要提交部分繪圖讓大家審閱，並需要在實習期結束前，完成修正並提交所有有關圖檔。正是因為這些定期會議，讓我得以從錯誤中以及主管給我的建議中學習。

通過例會，我明白了 UNESCO 對這些繪圖的期望是什麼，還有怎樣才算符合標準。每次開會，主管都會根據我的進度來制定 deadline，以確保我能按時提交圖則。她還會鼓勵我在會議中主動提出問題，不論問題是關於完成工作的標準、所收到的文件，甚至純粹是工作中遇到的挑戰。在知識層面上，我的主管不只在專業上提供了協助，她鼓勵的話語更是在整個實習期間給予我很大的幫助。在此，我想要向她一直以來的支持致以最誠摯的感謝。

那個學期完結之時，我已經在交稿日前提交了所有的文檔，而我在 UNESCO 曼谷辦事處的實習亦已來到尾聲。能加入成為團

隊的一員是我的榮幸，且更重要的是，能在如此一個平台上為保育工作作出貢獻更是榮幸中的榮幸。我期待看到《Asia Conserved for UNESCO》的出版，也很期待再與我的主管和團隊重聚。

—— 圖片來源：UNESCO 曼谷辦事處

原來・保育

整個在 UNESCO 曼谷辦事處
的經歷絕對是我人生中難忘
的一章，使我立志在未來的職
業生涯中不僅要在技術上為
文物保育出一分力，
更應在教育上有所貢獻。

姓名：	孫齡惠（Giana Sun）
大學：	香港大學
實習年份：	2019
實習機構：	聯合國教科文組織曼谷辦事處

那六個月在聯合國教科文組織（UNESCO）曼谷辦事處的實習是我生命中最精彩難忘的經歷之一。在這個知名的國際組織工作，讓我不僅收穫了建築保育領域的技能和知識，更學會了這裏認真嚴謹的工作態度。

我被分派到《亞洲保育——來自聯合國教科文組織亞太文化遺產保護獎的課堂（Asia Conserved - Lessons Learned from the UNESCO Asia- Pacific Heritage Awards for Culture Heritage Conservation）》這個系列叢書的編輯團隊工作。亞洲保育（Asia Conserved）羅列了聯合國教科文組織亞太文化遺產保護獎的獲獎項目，上至神聖的廟宇，下至活力十足的民宅建築，甚或是宏偉的宮殿和氣氛陰沉的監獄等建築介紹。而我的主要工作包括：草擬項目檔案，然後為第三期（2010-2015 年）和第四期（2016-2020 年）的 Asia Conserved 刊物繪製和修改有關建築圖。作為建築文物保護文學士的學生，我對獲 UNESCO 認可的文物遺蹟有些基本認知，但這半年通過 Asia Conserved 第三和第四期的案例研究，對亞洲

—— 亞洲遺產管理學院（Asian Academy for Heritage Management，簡稱 AAHM）的「加強亞洲文化遺產管理中高等校育的協作」戰略計劃會議。

的遺產保育工作有了更深刻的見解，其中包括領先的工程技術知識，以及利用保育工作解決社會和經濟問題的方法等。一如這個系列的名字所言，我也在這些課堂中獲益良多。繪圖的工作更是讓我深化自己在各個電腦軟件（例如 Adobe Photoshop 和 Illustrator）的技能。我相信，這些技能都將在我未來的職業發展中發揮着很好的作用。

　　除了 Asia Conserved 的出版外，UNESCO 曼谷辦事處還參與到一系列的保育相關活動之中，其中一個便是亞洲遺產管理學院（Asian Academy for Heritage Management，簡稱 AAHM）的「加強亞洲文化遺產管理中高等校育的協作」戰略計劃會議。我很幸運能獲邀出席這次極具意義的活動。這場會議旨在制定有關主題的預期學術學習成果、具體所需行動、課程框架和相關協作活

—— 感謝我的主管 Duong Bich Hanh 為我提供機會

動。受到了小組、全體討論和學術人員匯報的啟發,我意識到國際交流與合作在制定框架與目標的階段的重要性。沒有經過這樣的國際計劃過程,在各地執行的行動可能就失去了關聯性、具體性和完整度。由於遺產保育的高等教育課程是學生們和有關工作領域之間的橋樑,這次會議也擴闊了我對印度、菲律賓、泰國、日本和韓國等亞洲地區的保育工作機會及文物保育中展示了脆弱性的理解,使我對亞太地區的保育專家所面臨的問題有了很廣泛的認知。

在知識和啟發層面以外，這次實習的另一個收穫便是統籌能力。UNESCO 與和平發展基金會都是享負盛名的組織，其工作流程和分工都是非常系統化的。在實習之初我並不明白，但在主管的循循善誘之下，我終於在跌跌碰碰下明白了系統存在的意義。

在這次實習旅程中，我的主管不旦為我提供了超越自我的機會，更耐心教給我很多不同的知識與技能。在此，我想要對他們的包容和鼓勵表達最誠摯的謝意。整個在 UNESCO 曼谷辦事處的經歷絕對是我人生中難忘的一章，使我立志在未來的職業生涯中不僅要在技術上為文物保育出一分力，更應在教育上有所貢獻。這絕對是一趟精彩多姿的旅程！

圓滿的
最後一個暑假

我們來自不同國家、
在世界各地有着不同的專業
及工作，
猶如一個迷你版的聯合國。

姓名：	黃潔欣 （Christine Wong）
大學：	香港大學
實習年份：	2019
實習機構：	聯合國駐華協調員 辦公室

在畢業後和將要投身全職工作前的最後一個假期空檔，我很幸運地得到和平發展基金會的贊助，前往聯合國駐華協調員辦公室實習。雖然我只在該處工作數月，但那趟「聯合國之旅」正為我的大學生涯劃上了完美的句號。

我是於 2019 年在聯合國實習的，但其實我與聯合國駐華機構的淵源能追溯至 2015 年。當年，我通過大學去北京修讀了一個關於國際關係的短期課程，期間便參觀過聯合國大樓。當時我遇到從香港來實習的大學生，他們與我分享自身體驗時已覺得非常充實有趣，想不到數年後竟能以實習生身分重臨舊地，收穫了許多意想不到的見識和工作經驗。

聯合國在華的工作涉及不同範疇，整個駐華系統由超過二十個基金會、計劃署與專門機構組成，而我實習的聯合國駐華協調員辦公室則負責為聯合國協調員及聯合國駐華國別小組提供諮詢意見及技術支持：對內，需協調各個機構的工作，制定整體發展計劃，以確保整個聯合國駐華系統行動方向一致；對外，則需為

聯合國協調員到訪不同城市及參加政府部門、各國領事館或其他機構的會議和活動進行規劃及內部協調等事前準備工作。聯合國駐華協調員辦公室在體系中肩負着重要角色，制定整體策略時通過集合大家的專長及意見，增強整個駐華系統的項目有效性及影響力，更全面地照顧不同群體的需要。

作為這部門的實習生，我能參與到人員協調、資料搜集、草擬演講辭及會議內容重點、傳媒方面的工作，甚至還能接觸到合作合同的審議等，涉獵的內容非常廣泛。

實習期間，適逢辦公室正如火如荼地準備聯合國在華四十周年的活動，那是我實習過程其中一個最難忘的體驗。會議時，大家都興高采烈地分享討論各機構的重要里程碑，如聯合國當年如何把現今普通不過的西蘭花這外來蔬菜引進中國、如何參與編輯中小學英文教科書以提高學生的語文能力、怎樣協助增加牛奶供

—— 實習生合照

應等，為刊物或電視節目特輯提供素材。我更幸運地能參與四十周年電視特輯其中一集的拍攝工作，當天我們和拍攝隊伍一起到一間牛奶品牌的廠房，邀請了嘉賓分享當年聯合國推動生產牛奶的工作，也參觀了現時廠房怎樣用先進的科技把最新鮮的牛奶帶給更多市民，支持奶農的生計。整個過程都非常有趣，也令我更切身地了解到聯合國過往的成就及帶給人們生活上的改變。我更感受到各機構之間的凝聚力，彼此齊心，希望能更有效地發揮聯合國駐華系統的角色。

另外，與不同機構及部門的同事和實習生共事也是非常難忘的回憶。我們來自不同國家、有着不同的專業及工作領域，猶如一個迷你版的聯合國。在工作以外，大家也會分享自身不同的經歷、觀點及看法；下班後，又是收穫滿滿的聚會。

當年的我讀書十數年，還未踏進社會工作，離開香港在外地

—— 聯合國與在外機構的會議

實習，除了需要負擔來回香港的交通費外，還需在當地租房居住，幸得和平發展基金會的贊助，減輕了我和一眾實習生財政上的負擔，才可更安心地去到聯合國駐華機構實習。雖然我在實習後需回港投身本已安排好的工作，未有機會繼續留在聯合國駐華機構，但實習期間與不同團體協調溝通及舉辦會議活動的經驗，均十分有助我及後的事業發展，希望日後仍可再以另一身分參與聯合國的工作。

立足於東亞
略思文化保育之義

姓名：	李依肋（Elliot Lee）
大學：	香港中文大學
實習年份：	2018
實習機構：	聯合國教科文組織駐華代表處（文化部）
現時：	德國萊比錫大學宗教研究系博士生

要如何利用千萬年來，人類在這星球上演化歷程中累積的共同智慧和創造力，達至可持續發展，避免各種不均衡造成的矛盾衝突，今後將繼續是你我必須思而後行的問題。

環球同此涼熱，

敢問誰能獨善其身？

　　乘北京地鐵二號線於建國門站 B 出口出來，放眼向西南方望去是北京古觀象台。這個全國重點文物保護單位在筆者看來，有其深遠的人文歷史意義。明清時期觀象台屬欽天監管轄，而該時期的欽天監是中國吸收外來知識的重要機關。先有明朝沿用元代來華的中西亞回回人（當中大部分為操波斯語的穆斯林），後有明末、清代已降的歐洲天主教會傳教士。這除了是外來天文曆法的輸入，更是依附着血肉之軀的異文化與在地文化的碰撞和相適應的全球化史。然而，在首都的上班高峰時間，誰又會有像筆者的閒情，頓足下來細味身邊的歷史文化？

　　我們對人文歷史的敏感度，與其說是與生俱來，更多是一些天時地利人和的巧合和後天的培育而成。若非筆者於位處古觀象

台東北方，建國門外大街「使館區」內的聯合國教科文組織駐華代表處暨東亞地區辦事處實習，加上實習前剛完成兩年圍繞中國（回族）穆斯林的碩士研究，一座古建築實難吸引當代人去注意。更別說要其在現代社會的喧鬧中形成能帶出意義的文化符號。然而，更實際的前提是：若沒有人去保護、修葺古觀象台，或沒人製造、記錄能賦予該建築物某種當代人能理解的意義之論述，並以大眾能接觸的方式傳播（如上傳到網上的百科全書），恐怕古建築就只是磚頭和木塊堆成，靜待腐朽的「死物」。像古建築的物質文化遺產如是，非物質文化遺產亦如是。

—— 筆者之教科文組織工作証

—— 實習期間筆者以教科文駐華代表處職員身分受邀出席
巴西大使館舉行的巴西國慶活動留影

　　在教科文組織實習時所接到的第一個主要任務，是要協助編
輯由教科文組織認可的國際考古遺蹟專家組撰寫的壁畫挖掘、保
育手冊。事緣蒙古國於 2011 年在布爾干省（Bulgan Province）南
部的邁漢山（Mount Maikhan）發掘出該國首個帶彩色壁畫的古
墓——蘇容・邦巴加爾（Shoroon Bumbagar）。據考古發現，該古
墓為公元七世紀回鶻人墓，墓穴整體完整，從未被盜。從當中壁
畫的人物、建築、龍的形象，可見唐代中國對當地的文化政治影
響；同時，該地區的其他回鶻墓穴曾出土拜占庭硬幣。這些發現
見證了草原地帶對歐亞大陸中東西方交流的重要性。

　　然而，由於蒙古的考古人員從未有處理彩色壁畫的經驗和技
術，以致彩繪顏料在短時間內氧化失色。為此，該國文化部門於
2014 年爭取到教科文組織的介入，撥款並派出國際專家學者為
當地文化保育人員提供彩色壁畫相關的發掘、保護技術培訓，以
加強該國對日後可能出土彩色壁畫的保護能力。同時，教科文組

織亦協助設計能注入當地中小學課程的文物保育教材，以此提高
當地新生代及其家庭成員對文物保育的意識。專責此項目的教科
文文化部顧問對筆者表示，很多時這類古墓都是牧民放牧時無意
中發現，所以只有加強當地人民的意識才能達至這些文化遺產的
可持續保育。

　　現行聯合國教科文組織為首的國際文化治理框架基本上是成
員國自願履行，並無太大的外部約束力。因此，各國文化遺產的
確立、傳承、保育，大多依靠主權政府的政治意志。例如，上述
蒙古國的介入經驗正正發生於應屆政府對文化產業的重視。而這
種重視和投放往往離不開國族主義政治和相應的經濟投入。其中
較受關注的例子，有美國第四十五屆總統政府鬧退出教科文組織
一事。

—— 筆者（右）於教科文駐華代表處正門和另一位實習生合影

另外，在筆者實習期間，東亞文化治理上最令人矚目的事件，莫過於朝鮮民主主義人民共和國和大韓民國成功聯合申請將朝鮮／韓式摔跤列入教科文組織的「人類非物質文化遺產代表作名錄」。此前，朝鮮半島的非物質文化遺產，皆由兩國分開申請，造成「名錄」上分別各有兩項泡菜製造和阿里郎民歌的項目。這是南北政權互不承認的結果，韓戰政治在文化管治領域的延伸。但在 2018 年，朝韓兩國共同申遺，在文化領域作出國際上的表態，一同表達朝鮮半島和平統一的意願。當然，朝鮮半島統一進程，歷史還未定案。不過，在協助朝方文化部門人員於該次共同申遺的過程中，筆者深刻地體會文化和政治的相互作用。畢竟，文化乃塑造你我的資源——文化遺產告訴我們從何而來，文化創作引領我們走下去。「剛柔交錯，天文也；文明以上，人文也。觀乎天文，以察時變；觀乎人文，以化成天下。」（節錄自《周易‧賁卦象辭》）在天地人倫——文化間，你我要如何應變、着力、競爭、合作、共存，總離不開權力、資源的運用。

　　東亞區內有中日韓三個較成熟的經濟體，也有蒙朝這些仍待發展的國家，同時各國內部也存在着各種的不均衡，如此情況亦非東亞獨有。資源的不平衡，造成並非人人能接觸文化遺產（廣義地包括人類的知識遺產），或受益於文化創意產業的發展之局面。要如何利用千萬年來，人類在這星球上演化歷程中累積的共同智慧和創造力，達至可持續發展，避免各種不均衡造成的矛盾衝突，今後將繼續是你我必須思而後行的問題。環球同此涼熱，敢問誰能獨善其身？

最後，感謝和平發展基金會在 2018 年，提供給生活在香港二十五年，人生歷練尚淺的筆者，一次五個月北上換位思考、開拓視野的機會，也感激在聯合國教科文組織駐華代表處暨東亞地區辦事處實習期間遇上的諸位。

—— 筆者和另一位在英國研讀人類學碩士的實習生在教科文駐華代表處的午餐周會上作題為《中國民間宗教》的專題分享

—— 實習期間筆者（中）和另外兩位實習生以教科文駐華代表處職員身分出席《CHINA HOUSE VISION 探索家——未來生活大展》

一個我愛
回顧的夏天

若然你正猶豫應到哪個機構
實習，也可考慮申請 RCO 的
崗位。通過發揮協調的角色，
實習生有機會與各聯合國機
構接觸，從而了解他們的工
作，並參與當中的跨機構聯合
項目。

姓名：	趙晉霆 （Charles Chiu）
大學：	香港大學
實習年份：	2018
實習機構：	聯合國駐華協調員 辦公室
現時：	於某國際律師事務 所任職律師

　　2018 年的夏天，我從香港來到北京的聯合國大樓，開展
為期三個月的實習，在聯合國駐華協調員辦公室（Resident
Coordinator Office，簡稱 RCO）擔任協調助理。

　　在這裏先說明一下，RCO 負責支援聯合國駐華協調員
（Resident Coordinator，簡稱 RC）的工作，加強聯合國駐華系統中
各相關機構的凝聚力，並與相關政府部門建立伙伴關係，擴大項
目在國家層面的影響，以取得更好的工作成果。

　　我當時的日常工作主要包括：第一，籌劃並出席聯合國駐華
國別小組（United Nations Country Team，簡稱 UNCT）定期會議、
與國家或地方官員的會議，以及各聯合國機構在華舉辦的活動；
第二，為 RC 準備這些會議和活動甚至電視節目的討論撮要或談

話要點，並進行相關的研究工作；第三，準備 UNCT 年度報告、
會議紀錄及其他刊物。

　　其中最難忘的莫過於聯合國秘書長青年特使到訪北京一
行。我與聯合國秘書長青年特使辦公室及聯合國駐華系統中各
機構合作統籌了這次訪華行程。行程中我亦伴隨青年特使出席
各個雙邊會議，參與了聯合國機構，如聯合國婦女署、聯合國
人口基金、聯合國兒童基金會等舉辦的青年活動。我還舉辦了
一場員工大會，邀請聯合國駐華系統員工（尤其年青的員工）
來跟青年特使就不同青年議題交流。文化體驗上，我們也一起
參觀了萬里長城和景山公園等景點。整個過程讓我進一步了解
亞太區和中國的青年發展。同時，青年特使和其隨員十分友
善，我們亦在活動中建立了友誼，令我更享受其中的工作。

　　作為一名法律學
生，最初申請 RCO 實
習崗位時確實沒想到
會有機會接觸法律相
關工作。所以當團隊
將我派往現場監察一
個由聯合國民主基金
資助有關於農民工法
律的項目時，我尤為
期待。儘管這個項目
涉及的農民工相關法

—— 2018 年 6 月 2 日——與 RC 出席世界環境日活動

律問題在香港未必獲得重點討論和關注，但與我的法律學習背景仍然有相當的關聯。出席的數十位律師通過互動環節和研究案例，就有關中國農民工不同的勞動法律問題進行交流，讓我在履行監察工作的同時，了解中國內地法律和當中的法律原則與規則等，相信對我從事法律工作亦會有一定的幫助。

感恩自己有幸能夠獲得和平發展基金會的資助，前往自己居住城市以外的地方實習，並在充滿熱誠的團隊裏學習和工作。除了工作，這次機會也讓我能夠參與當地各個與聯合國工作理念相關的活動和交流，涉及議題包括環境、性取向、難民、青年等範疇，使我在學習和工作專業以外，增廣見聞，擴闊人際網絡。十分感謝 PDF 的支持，才有這次充實和愉快的實習經驗！

我相信在聯合國實習，不論是在什麼機構或團隊，都會是難忘的體驗和豐富的學習經歷。你更有機會為聯合國在全球與國家層面的工作，例如在實現可持續發展目標上出一分力。若然你正猶豫應到哪個機構實習，也可考慮申請 RCO 的崗位。通過發揮協調的角色，實習生有機會與各聯合國機構接觸，從而了解他們的工作，並參與當中的跨機構聯合項目。

── 2018 年 7 月 31 日──與青年大使的員工大會

── 2018 年 8 月 10 日──實習結束

千里之行
始於足下

這無疑對我的人生有着正面的影響，
讓我變得更堅強和獨立，
加強了我的時間管理技巧
及養成更良好的生活習慣。

姓名：	勞銘淇（Maggie Lo）
大學：	香港大學
實習年份：	2018
實習機構：	UNDP 奧斯陸治理中心
現時：	於香港政府機構任職

　　在香港大學完成非營利管理碩士課程後，我參加由和平發展基金會與聯合國開發計劃署合作下的聯合國機構實習計劃，有幸獲得和平發展基金會的資助，被挑選成為首位在挪威的聯合國開發計劃署奧斯陸治理中心（UNDP Oslo Governance Centre，簡稱 OGC）工作的實習生，展開人生重要的一課。

　　OGC 的工作主要圍繞「危機、衝突和過渡時期的民主治理和和平建設」，以支持政策制定和應用研究。這些工作都是根據聯合國開發計劃署的 2018 至 2021 年度戰略計劃和聯合國 2030 年可持續發展方針（Agenda 2030），在可持續發展目標 16（SDG 16）的基礎上展開的。同時，由於 OGC 的建立全有賴於與其東道國挪威的資源共享及共同治理安排，OGC 亦非常重視與挪威之間的伙伴關係。

　　而我在 OGC 的主要工作是協助我的上司就施政和建設和平過渡問題進行政策分析和研究，主要針對由軍事獨裁過渡到民

—— 攝於 OGC 會議室

主政治體制的國家（如拉丁美洲和東南亞等地）。參考各種的文獻、期刊及書籍，比較過不同國家之間的分別後，不少的文獻都指出這種政策上的過渡多數是由於經濟因素、社會動盪不安及人民群眾不滿示威，從而令軍政府動搖而引致的。

此外，我亦很高興能夠參與我上司著作的論文《Upholding UN Principles and Values while Helping to Resolve Complex Crises: Reflections On How The UN Could Do Both Better》（意譯：堅守聯合國原則與價值，協作解決複雜危機：論聯合國工作的改善空間），並負責文字內容和格式上的修改與更新。文章對聯合國應對緬甸危機的反應及各種矛盾和緊張局勢作出了分析，以及在非聯合國使命的情況下，這些矛盾和緊張局勢如何阻礙了聯合國對

—— 上司與我的照片

世界各地複雜危機的應對。在上司的信任和支持下，我們很順利地完成了這篇論文。在辦公室的工作外，我還主動參加了各種研討會、工作坊和會議，以豐富更新自己有關非營利、和平建設與人權等議題上的資訊。

　　除了在聯合國這個大家庭工作外，我亦努力爭取體驗和了解北歐挪威的生活文化。在挪威逗留時，我選擇居住在共享公寓，與三位北歐女生一起生活。透過與她們的交流及觀察，我更深入了解到當地的文化和政策，亦欣賞其可取之處，學習其中可以彌補的地方。例如挪威是非常注重環保的國家，垃圾回收是挪威居民日常生活的一部分。家家戶戶都需要將垃圾分類：廚餘放入綠色塑膠袋；塑膠類垃圾放入藍色膠袋；瓶罐則放入其他袋

子。而這些垃圾袋均可以在超級市場及雜貨店免費索取。有報告
指出在挪威有高達 97% 的塑料瓶被回收，相信這跟當地的生活
文化及政策有關。這種生活模式，加上親眼看見冰川融化的震撼
畫面，改變了我的生活習慣及加強了我的環保意識。

這大半年間，我嘗試了各種不同的事物，體驗了跟香港不一
樣的生活，例如在挪威內陸旅遊、參加不同的繪畫興趣班及每天
到健身房運動等。這無疑對我的人生有着正面的影響，讓我變得
更堅強和獨立，加強了我的時間管理技巧及養成良好的生活習
慣。

總括而言，這次的實習旅程可以説是先苦後甘。由於我是和
平發展基金會實習計劃中首位到挪威聯合國開發計劃署工作的實

—— 居住社區的環境（攝於上班日出時）

習生，因此需要迎接很多未知的挑戰。例如一開始就面臨着簽證及找地方居住的困難，使本來預計 9 月開始的實習需延至 11 月。雖然萬事起頭難，但衷心感謝和平發展基金會在財政上的支援及其成員的支持和鼓勵，使我的實習最終能夠順利完成。這些經歷豐富了我的人生，增長我的閱歷。每個人都有自己的理念、夢想與抱負，我也不例外。透過這次海外實習的經驗及從中汲取的知識，我相信這有助於我研究並提供解決社會問題的可行方案，從而幫助更多有需要的人，共建美好安定社會。

—— 在 OGC 實習的最後一天與實習生們拍照

—— 5 月 17 日的挪威國慶日（Constitution Day / Seventeenth May），這天，男女老少會穿上挪威傳統民族服裝「Bunads」。Bunads 有數百款，其顏色樣式各相類近，代表挪威不同的地區。

亮馬河畔的
一百二十個
日與夜

姓名： 黎樂平
（Greta Lai）

大學： 香港中文大學

實習年份：2017

實習機構：聯合國開發計劃署
駐華代表處

現時： 於非牟利組織融幼
社擔任政策研究員

猝不及防的事才是屢見不鮮，
往往來不及待我準備妥當就
已發生。

初到北京時，北京已經入秋了。那是 2017 年的 9 月，是我
十六年以來第一個不用準備開學的 9 月。那時我剛從香港中文大
學畢業，因收到聯合國的實習錄取通知，果斷選擇延遲碩士入
學，來到聯合國北京的大樓開始為期四個月的實習。猶記得第一
天上班前，我坐在聯合國大樓外亮馬河畔公園的長椅，遙望着聯
合國小院裏的銀杏樹，對於即將開始的實習既好奇又期待。

快樂來自滿足感

我實習的部門是聯合國開發計劃署（United Nations
Development Programme，簡稱 UNDP）的減貧、平等、治理
組（Poverty, Equity and Governance Team）。小組除了致力扶貧和
加強治理的工作外，還負責有關智慧城市、可持續發展目標本
地化，以及促進婦女、殘疾人士、少數民族及性小眾賦權等項
目。我非常榮幸能參與團隊幾乎所有項目，穿梭老胡同，與建築
公司商議在雲南古村落保育及就地改造計劃的合作；又與組員研
究落實針對農民的普惠金融項目；更在那年 10 月與組員一起出

—— 聯合國大樓庭院

席一個大型扶貧論壇。每天我都面對不同的挑戰，過得無比充實。

其中一個我全程參與的項目就是「Youth Solution Trip」。這個活動旨在鼓勵青年學者在貧困縣開展田野研究，了解當今中國面臨的社會挑戰，最後在各自崗位推廣可持續發展理念。除參加者選拔外，我還負責籌備分享會，並與宣傳小組共同製作相關社交媒體內容。在與四名獲選參與研究的青年交流中，我感覺自己彷彿親身到了雲南牟定縣與少數民族互動，就農村貧困和女性就業等議題進行交流⋯⋯

在實習的最後一個月，我主要輔助 UNDP 的發展經濟學家畢儒博（Bill Bikales）撰寫《國際減貧理念與啟示》一書。這書在商

—— 黎樂平攝於聯合國開發計劃署門前

務部國際司的協調下，由聯合國開發計劃署、中國國際扶貧中心和中國農業科學院海外農業研究中心共同撰寫。雖然有時候不得不加班趕工，或東奔西跑去開會，但一想到我能為這件事略盡綿力，我就非常有滿足感。

　　工作以外，我還收穫到友誼。實習期間，我和 UNDP 的同事們在迷霧中爬過香山賞紅葉，一起因入侵辦公室的臭鼬鼠放聲大叫，也在寒冬臘月吃過老北京涮羊肉、新疆大盤雞和一斤接一斤的彩色餃子。聖誕節前夕，所有人都參加當時在駐華協調員羅世禮（Nicholas Rosellini）家中舉行的聖誕派對。這些回憶都讓我短暫的實習生涯變得刻骨銘心，猶如冬日暖陽，我現在回想起來也倍感窩心。

當樂平遇上樂平，人生的第一次出差

11月初的某個下午，部門的可持續發展目標項目主管突然問我有沒有興趣一同前往江西省德興市進行為期三天的調研，在該市進行基線研究（Baseline Assessment），就年輕勞動人口外流的問題，提供創新和符合可持續發展的解決方案。我當時呆了半晌，以為他在開玩笑，因為江湖傳聞在聯合國的實習生是沒有出差機會的。他說：「沒錯，但這次可以帶一個，是個很好的見識機會，你要來嗎？」我喜出望外，當下就立即答應了。

我帶着既期待又興奮的心情登上前往南昌的飛機。在德興，我們代表 UNDP 與當地政府官員舉辦座談會，就可持續發展目標本地化、生態文明建設等方面進行深入交流。我們也參觀幾家大型企業和公共設施，如幼兒園和護老院，以及一些在附近鄉鎮有潛力發展旅遊業的山水景色。

第二天傍晚，我們趕在日落之前到一個偏遠鄉鎮調研。途中，我的手機突然「叮」的響了一聲。我還納悶起來，因為我剛剛看了手機在該

Text Message
16 Nov 2017, 5:37 PM

【乐平市旅游局】中国古戏台之都，江西省十强县（市），红色旅游根据地，洪岩苍翠探幽境，文山奇石可攀云。---快乐平安福地（乐平）欢迎您！

— 來自樂平市旅遊局的歡迎信息

泥濘路段是收不到信號的。我匆匆一瞥，那是一條來自樂平市旅遊局的歡迎信息。我驚喜若狂，直接就說出來：「我的天，有一個地方竟然和我的名字一樣！」同車的人都笑着說：「那注定妳要來訪呢。」這個意外驚喜頓時為此行再加添了不少意義。

　　在這次出差中，我體驗了很多人生中的第一次。第一次在活蹦亂跳的野雞群中行走，第一次在農家樂享用最盛大的晚宴，吃最新鮮的肉；第一次嘗到我再也不敢嘗的五十度白酒（此處不得不給我上司一個讚，替我乾了），第一次收到幼兒園小孩親手送我漂亮的紙花，還有第一次知道原來在中國有一個與我名字一模一樣的城市。這些經歷都讓我畢生難忘。

—— 探訪幼兒園

不用等到準備好才出發

　　「做中學，學中做」是我在這短短的四個月實習生涯的重點心得。猶記得踏進聯合國的第一天，連出入卡還未來得及辦好，我便被部門主管拉上計程車，和當時也是初來乍到的瑞典籍聯合國駐華協調員辦公室主任，一同到國際扶貧中心開會。而我的工作是口譯，還是同聲傳譯。這是我第一次現場口譯，但緊張也來不及，只能硬着頭皮應付。所幸的是，最後任務也能順利完成。上班的第二天，我又被拉進一個對外會議，負責撰寫會議記錄。我那時連最基本的縮略語，如駐華協調員 RC（Resident Coordinator）、諒解備忘錄 MOU（Memorandum of Understanding）、成本分攤協議 CSA（Cost Sharing Agreement）都一頭霧水。但隨着時間過去，我把這些都自然而然地記進腦裏，寫會議記錄也愈發得心應手。

　　我在聯合國認識到很多人，其成功皆不是源自事事做足萬全準備，一就位便一鳴驚人，而是他們在做事的過程中，邊做邊學，不斷增值自己，才獲得一番成就。他們教會我，猝不及防的事才是屢見不鮮，往往來不及待我準備妥當就已發生。現在立即開始，做中學，學中做，便是成功最好的開端。

　　四個月匆匆過去，一轉眼已到 1 月。聯合國小院的銀杏樹隨着深秋變黃，寒冬落葉，見證着我實習結束。這場實習使我對聯合國的工作有更多的認識，也從中了解到自己需要改進的地方。二十年後，三十年後，我仍然會很感恩 UNDP 及和平發展基

金會給我的機會，讓我在完成碩士課程之前就能有在聯合國工作的寶貴體驗。這對於我專業與個人成長方面都有極大的啟發。

我慶幸自己沒有走最簡單的路，在本科畢業就立即念碩士，或留在從小長大、最舒服、最安逸的香港，而是來到寒風凜冽的北京，踏上一次非凡的旅程。這並不輕鬆，但絕對不虛此行，因為這一百二十天所帶給我的成長遠遠比過去十二年的還要多。這次實習給予我更多的方向感，讓我深刻了解到在聯合國實習並不僅是在簡歷上畫龍點睛，更是一個自我發掘的過程。實習之後，我可以更有信心地回答所有學生都害怕的問題：「畢業後你想做什麼？」

離開聯合國以後

了解當地的實際情況，
比空降別國的成功方案更具
意義。

姓名：	林曉燕（Jes Lam）
大學：	香港大學
實習年份：	2017
實習機構：	聯合國人口基金駐華代表處（青年項目）
現時：	本地智庫研究主任

一眨眼，通過和平發展基金會在聯合國人口基金駐華代表處實習已是三年前的事。這個難得的實習機會，讓我首次接觸到聯合國機構的工作，了解到作為倡導聯合國價值的一員應該抱有的態度，同時也開啟了我投身政策研究的職業生涯。

在人口基金駐華代表處的半年，一開始我還是一個小菜鳥，每天要看很多的資料去填補對議題知識的不足，至後來我在副代表的指導下完成了大大小小的政策建議和報告。我很享受政策研究過程中能夠接觸到各式各樣的實踐方法，也意識到相似的問題原來正在世界各地發生。即使它們的結構性和根本性原因可能雷同，但由於不同地區的傳統文化和發展程度的差異，影響和局限了解決方案的落實成效。

在聯合國的見聞擴寬了我的視野。實習期間我投身於「本地化」的工作中：了解當地的實際情況，比空降別國的成功方案更具意義，即使前者需要長期和扎實的摸索，投入的資源極多，而且很大機會要多年後才能看到成效，卻是發展健全社會結構過程中不可取代的基礎。

其實在聯合國工作更多是需要走出辦公室的，有在辦公樓後面的小院子舉行的各種小活動，有與政府官員開會探討開展研究的可行性，也有與其他聯合國機構合辦的研討會，一點一滴都充實了每天。其中不得不提聯合國日的慶祝活動。我實習之時，紀念活動在宋慶齡故居舉行，由中國宋慶齡基金會與聯合國駐華系統聯合舉辦，在這個充滿中華文化和歷史氣息的地方迎接各界的嘉賓，所有實習生也在不同崗位參與了這場慶祝聯合國成立七十二周年的盛事，宣揚可持續發展目標，更有機會接觸民眾並向他們介紹自己的工作範疇，使我留下了深刻的印象。

整個實習中最大的收穫之一，是我能切身地感受到身邊每位聯合國工作者的熱誠，他們堅持抱持信念，從不埋怨，無論遇到什麼難題都會盡力解決、從不選擇簡單迴避。即使我在實習結束後沒有加入其他聯合國機構，也已經甚少參與關於人口基金倡議的議題，但當時貼身感受過他們的工作態度，改變了我對為建設更好社會付出和得到回報的看法。今天，我已投身非政府機構，參與更多香港本地社會事務。人口基金的實習經驗便成了我在政策研究的職業生涯的第一步。

在聯合國的日子當然不只工作，我更收穫了很多獨特的友誼。我很想念在人口基金認識的朋友和導師們，我們因聯合國走到一起，有着相似的價值信念，在工作以外的時間互相照顧，假日會一起出門觀光或相約過節。同事和上司們都很親切，人口基金駐華代表洪騰博士也經常跟我們午餐，聽取年輕人的意見。我在北京的生活因為一群友好的同事和朋友而更加精彩。

三年時間過去，我仍然懷念沿着亮馬河、踩着共享單車上下班的日子。很感激這項實習計劃，它使我成長，不但改變了我的事業軌道，也成就了我人生中滿盈的一章。非常感謝和平基金會的資助，讓我經歷了這麼難忘又非凡的實習，以及在北京生活的體驗。同時感激基金會一直努力讓這個實習計劃持續下去，讓更多有興趣的學生加入聯合國實習的行列。我期待再一次與聯合國的相遇。

—— 林曉燕攝於聯合國人口基金駐華代表處門前

如果有什麼需要明天做的事，最好現在就開始

姓名： 蔡佳甸
（Dawn Cai）

大學： 香港理工大學

實習年份： 2016

實習機構： 聯合國開發計劃署駐華代表處

> 從小到大，我都在同一個環境裏長大，與和我有相似成長背景的人做朋友，對世界另一端的了解非常膚淺。我只看見自己生活中的角落，並不明白他人的經歷。

聯合國中有一個組別叫做可持續企業海外團隊（SBA），而我當年正是這個團隊的實習生。SBA 在中國的團隊負責與政府及企業建立伙伴關係，以促進中國企業在國內外的可持續發展。我們會和政府部門、私營或上市企業一起開展項目，了解企業在海外國家發展時所遇到的困境和挑戰，並運用聯合國的協調能力，和企業一起克服困難、抓住機遇、更好地拓展商機。

作為實習生，我的主要任務是協助編制《中國企業海外可持續發展年度報告》，包括設計及收集問卷、翻譯相關材料、分析結果和進行基礎研究；協助組織並參與 SBA 項目的研討會和培訓活動；參與項目及合作伙伴的實地考察，並將考察內容整理成報告與團隊分享；與政府和企業合作伙伴建立有效的工作關係和溝通渠道等。

印象中最有趣的事情，是去海南進行企業實地考察。當時我到一家太陽能光伏系統公司拜訪，深入了解新能源在聯合國可持續發展目標中擔任的角色，原來聯合國會聯絡太陽能專家給予光伏公司一些指導和建議！我亦曾協助撰寫有八十多家公司參與的《2016 年中國海外企業可持續發展報告》調查表。通過收集這些公司的回覆，我們可以了解到中國企業在海外發展時的境遇及所面對的困難，以及聯合國可以如何幫助它們，從而透過與當地政府聯繫，成為溝通的橋樑，積極為雙方尋找最好的解決方案。剛開始我的翻譯能力較弱，語言習慣也和內地的不同，也不太了解我的翻譯會給填寫問卷的企業帶來什麼影響。後來在團隊的教

—— 實習的第一天，我在聯合國總部的大門前留影。

導下，我努力改變了我翻譯的語言風格，更切合終端使用者的需求。

　　實習期間我還參加了有關中國企業「走出去」的國際會議，開始了解公司營運中實際遇到的困難。在加入 UNDP 之前，我不知道政府、非政府組織、私營或上市公司之間如何合作，也不知道他們面臨何種挑戰。這次實習讓我深入了解到非政府組織在為企業構建良好平台方面如何發揮重要作用；我也看到公司在海外擴張中面臨的文化差異而衍生的相關問題。比如，一些開拓外地業務的企業僅調動現有員工到當地，很少僱用當地居民，造成當地居民的不滿；部分企業和海外政府達成協議，但是對方沒有兌現承諾；一些當地政府承諾照顧土地被徵用於採礦的居民，但卻沒有實打實地為這些居民解決後續的糧食、教育及基礎建設問題等。而在這些方面，聯合國及社會組織作為中立機構，可以很好地協調並參與建設。

—— 參加太陽能資源研討會

除此之外，我還參加了一場關於中非關係的會議，由來自牛津大學的教授 Deborah Bräutigam 講解她對中非關係的看法。會後我閱讀了教授的書，隨後更參與了一個非政府組織——非洲製造倡議（MIAI）的成立註冊過程。我和團隊在做了很多研究之後，仍對要如何完成註冊感到一頭霧水。後來去了民政部才發現實際過程與我們網上查閱到的資料大不相同。原來該政策仍在審核中，預計要到當年年底才能通過，未能見證整個註冊過程實在遺憾。

這次實習還讓我對世界作為一個地球村的概念有了更深刻的了解。從小到大，我都在同一個環境裏長大，與和我有相似成長背景的人做朋友，對世界另一端的了解非常膚淺。我只看見自己生活中的角落，並不明白他人的經歷。在此之前，我不知道各機構如何開展實施項目，也不明白當中的協調及執行工作。經過聯合國的實習，我了解到中國非政府組織要走向全球需付出多少努力，而聯合國又在其中擔任一個多麼重要的角色。

個人成長方面，因為這次實習，我在生活中最大可能堅持聯合國可持續發展目標的方向，如持續向專注兒童成長及女性平權的社會組織捐款。我亦盡可能節能減排，不使用一次性用品，並鼓勵我的朋友同事也這麼做。

實習結束後，通過向現職公司分享聯合國的實習經歷，我獲得了公司管理層的讚賞，成功得到心儀的工作——協助國內公司於香港上市的 IPO，既為優秀企業提高知名度，又能為公司提供

可持續的資金來源。

　　和平發展基金會的贊助讓我在北京的住宿及生活費用得到保障。在工作以外的時間裏，我還積極參與文化交流，例如與朋友一起去北京各大博物館參觀，進一步了解中國的文化和歷史；我與很多在北京學習的同學聯繫，跟他們分享在聯合國實習的經歷，鼓勵他們報名參與；我還認識了很多志趣相投的朋友，直到現在還保持密切聯繫！

永遠的聯合國

姓名：	謝曉琳（Helen Tse）
大學：	香港大學
實習年份：	2016
實習機構：	聯合國駐華協調員辦公室
現時：	於媒體界和金融科技界任職

直到今天我還是非常感激
當時的機遇和同事的信任，
讓當初沒自信的我得到了
千載難逢的鍛煉機會，
也體會到挑戰自我的重要性。

於聯合國實習的那個夏天是我人生中最快樂的日子。

這個故事要由我青少年時說起。初次接觸聯合國其實是因為電影中的橋段：聯合國擔當和平使者的角色，致力和各國共同努力解決世界上各種社會問題，喚起大家對不同議題的關注。從此我對聯合國有着一種期盼，希望未來自己也可以加入這個組織，為世界帶來改變。

一直以來，我都沒有忘記過這個目標。2016 年暑假，當時的我正準備升讀大學三年級，有幸獲得了於北京聯合國開發計劃署（UNDP）的實習機會，在聯合國駐華協調員辦公室（RCO）擔任通訊助理實習生。

我所在的 RCO 算是整個聯合國駐華系統中比較特殊的團隊。要了解 RCO 的工作性質，就要先了解 Resident Coordinator（RC）的角色。RC 中文全稱聯合國駐地協調員，是聯合國派駐該國的最高代表，負責帶領該國與各聯合國機構攜手合作推進發

—— 第一次跟各位同事在五道口一家餐廳一起吃晚飯

展；而 RCO 則是為了協助 RC 事務而設的辦公團隊，主要職責是為國家的策略性發展作研究和調查。從各個層面了解社會的民生狀態是 RCO 的日常工作，因此我們需要密切留意每日的大小新聞以作整理分析，對內以及對外擔任教育者的角色，讓聯合國系統中的官員和大眾市民也了解到需要關注的議題。除此以外，RCO 還會定期主辦不同活動，如各類主題研討會、外展教育、宣傳發布會等等。

記憶之中，團隊當時只有八個人，分別是六個全職官員和包括我在內的兩個實習生。初來乍到，我就在聯合國受到了非常友好的招待和入職培訓。來自不同國家、種族、背景的同事彷彿是個大家庭，熱心地分享着自己在聯合國的生活和對事業的憧憬。

—— 周末一起遊覽古蹟

　　説起生活和憧憬，對於當時第一次獨自在外生活這麼久的我來説，最大的難處就是找一個價格環境皆相宜的居所。最初幾天都是在酒店暫住，在同事的幫忙下，總算在碰碰撞撞中找到了一個在辦公室附近的公寓。一開始我以為這只是個落腳地，想不到這裏竟成為了我日後創造了最多回憶的地方。還記得每早出門都會經過亮馬河，在那約十分鐘的路程裏，腦海都會複習一次昨天的工作內容。當時是夏天的北京綠意盎然，路過河邊的大樹，還能看到有不少老人在河裏游泳，處處都展現着生機，也讓每日開始工作前的我充滿動力。

　　實習的生活非常精彩，每日都有新的挑戰，而讓我最最難忘

的，是在一次公開予傳媒採訪的發布會中擔任即時傳譯，那也是我人生中第一次正式擔任這個崗位。當時我剛修畢大學的法庭即時傳譯課程，對自己的能力還沒有信心。還記得當天的發布會是聯合國線上教育平台一系列宣傳中的第一階段活動，當時恰好欠缺一個英文和普通話的即時傳譯，以協助北京的傳媒和聯合國特別報告員（UN Special Rapporteur）進行問答和溝通。雖然我對這個能學以致用的機會非常興奮，但也擔心自己因為臨場表現不夠好，影響發布會的進度。在同事的鼓勵下，我勇敢地接受了挑戰，成功完成了當日的傳譯工作。直到今天我還是非常感激當時的機遇和同事的信任，讓當初沒自信的我得到了千載難逢的鍛煉機會，也體會到挑戰自我的重要性。

這段幸福的實習回憶，對我來說十分珍貴。我不單單是獲得了在聯合國的工作經歷和開闊眼界的機會，也因此而結交了來自世界各地的好朋友，大家都在因緣際遇中獲得了一段段美好的友誼。這些數之不盡的收穫，都成為了我日後人生旅途上的強大推動力。希望大家都可以擁有改變世界的勇氣，並為這個理想而努力前進。

—— 時間過得太快，實習結束的時候舉辦了一場聚會，不捨地說再見。

—— 時任聯合國秘書長潘基文先生來訪，而我則體驗一下站在演講台的感覺。

連結義工與本地及國際組織：從我在聯合國志願人員組織的經驗談起

姓名： 勞保儀
（Iris Lo）

大學： 香港大學

實習年份：2016

實習機構：聯合國開發計劃署駐華代表處

> 過去五年我到過不同的地方，
> 我依然會偶爾記起那年夏天
> 站在亮馬河畔的自己。
> 雖然面對未來，依然充滿未知，
> 但是此刻的我多了一份
> 坦然和堅定。

　　暖暖的陽光灑向亮馬河，微風乍起，吹起河邊的楊柳，水面泛起漣漪。這個畫面是我五年前在聯合國開發計劃署（UNDP）中國辦公室結束了一整天的工作後最常看到的風景。回首2016年夏天的我，懷着要為社會進步出一分力的理想，內心卻充滿對前路的未知和迷茫，努力在學術和生活各方面尋找答案。這次實習經歷擴闊了我的視野，也為我日後的旅程帶來更多的可能。從UNDP的實習，到擔任聯合國婦女署（UN Women）的研究助理，到成為牛津大學社會系的博士畢業生，我堅信只要有美好的夢想，腳下的每一步走得堅定且踏實，在努力前進的路上定會遇到很多同路人。

在踏入 UNDP 辦公室之前，我對即將到來的實習工作感到期待又緊張。通過與同事的合作，我從陌生且有挑戰的工作中找到使命感和滿足感。當時我負責聯合國志願人員組織（UNV）的日常營運、傳訊和研究工作，協助 UNDP 各部門及其他聯合國機構招募「聯合國志願者」，並編寫 UNV 的新聞通訊和對外宣傳材料，定期分享國內外義工服務的資訊和聯合國志願者的故事。在此期間，我接觸到一些關注社會問題並且積極付出行動的青年義工。其中最觸動我的是一位在 UN Women 工作的聯合國志願者。在他的成長過程中，他曾因為自己陰柔的性別氣質而被同學排斥。作為一位男性，他深深體會到男性與女性都會在不同程度上面對與性別相關的挑戰，包括受到傳統性別定型的影響。基於他的親身經歷，他在大學畢業後加入聯合國，身體力

── 勞保儀（右）與聯合國志願人員組織中國
辦公室的督導張曉丹女士（左）合照

行通過義工服務為性別平等出一分力。其間，他更回到他的中學母校開展同輩教育計劃，讓更多青少年參與推動性別平等、預防性別暴力的項目。看到他直面社會問題並積極改變現狀的勇氣和決心，對我來說是很大的鼓舞。一直以來，我對很多社會議題都有濃厚的興趣，尤其是性別平等、家庭關係、教育和社會福利政策等。通過接觸到這些義工，我更加覺得前線的實踐工作對推動社會進步至關重要。

在這次實習之前，我是香港大學社工系的研究生，探索如何通過社工專業和研究來改善社會不平等的問題。作為一位年輕的學者，我深知「知識轉移」的重要性，將從學術研究得來的新

—— 勞保儀攝於聯合國開發計劃署門前

概念、知識或技術轉移到社會，惠及校外機構及社會大眾。通過 UNV 的工作，我更清楚了解到致力改善不同社會問題（如貧窮、教育和性別不平等）的義工項目的實際操作和困難，例如如何有效地與當地政府合作，以及如何推動符合當地民生及需要的措施等。這些問題為我的研究工作帶來很多啟發，也讓我反思：我如何能夠充分利用知識和技能，通過自己微薄的力量，為社會帶來一些影響？我們如何能夠更有效地與各方合作，共同推動社會進步？在北京 UNV 實習的旅程，為解答這些問題打開了一扇大門。

實習期間，我有機會將我過往的研究經驗和技能應用在 UNV 的工作上，推動有關義工服務的教育、研究和傳訊工作。我協助籌辦多次與 UN Women、北京大學及北京市志願服務聯合會等單位與機構合作的工作坊及研討會，並邀請民間團體參與其中，共同探索如何擴大現有的合作平台，發展更多元化的義工服務。此外，我亦與 UNDP 的項目專家合作，研究在南南合作的框架下擴展義工服務的可能性，集中探索中國和非洲的義工組織的潛在合作機會並撰寫報告。這位項目專家是一位博士畢業的研究員，他出於對研究發展中國家的社會問題的興趣，在博士畢業後選擇加入聯合國參與政策研究。我和他的交流和合作，為當時即將成為博士生的我帶來了很多啟發，讓我看到了學者的多元發展方向，以及思考畢業後在學術界以外自我定位的不同可能。

實習結束後，我開始了在牛津大學社會學的博士研究，進一步鑽研社會不平等的結構性問題，集中探討與性別和家庭關係相

關的議題和政策。UNV 的工作令我意識到聯繫不同機構和個體、共同協作的力量，及其對改善社會問題的重要性。因此，除了進行博士研究外，我亦在 UN Women 擔任研究助理，一方面加強我對性別議題相關政策的了解，另一方面也更深入地參與前線的義工項目，提升社會大眾對性別平等的關注。對我來説，聯合國的實習機會是為一群有夢想的年青人提供一個開拓國際視野、自我成長並逐步實現目標的平台。它讓我在以後的路上變得更加堅定，積極進行社會學和社會政策方面的研究，同時亦發揮團結協作的力量，與不同的機構和持份者合作，為促進社會和平和發展出一分力。

最後，不得不提的是我在實習期間所遇到的美好又有趣的人和事。在 UNDP 的辦公室裏，我們有一群來自不同地方、有着不同的文化背景和對義工服務充滿熱情和動力的實習生。我們一起工作及互相學習交流的時光，給我帶來了一個不一樣的夏天。另外，作為和平發展基金會資助的實習生，我有機會受到當時基金會榮譽顧問周博士的邀請，與其他同獲資助的聯合國實習生們一起參加了一次在北京的牛津劍橋校友活動。在那次活動中，我們參觀了北京的榮寶齋，不僅欣賞到中國傳統文化藝術，還聆聽了牛津劍橋校友們分享他們的工作經驗和成果，令我受益匪淺。在聯合國工作的點點滴滴，以及這些美好的經歷和相遇，至今我仍然記憶猶新，並心存感恩。

過去五年我到過不同的地方，我依然會偶爾記起那年夏天站在亮馬河畔的自己。雖然面對未來，依然充滿未知，但是此刻的

我多了一份坦然和堅定。這次實習讓我看到了義工們為了自己的夢想堅持不懈，體會到他們無私奉獻的精神。這令我更加相信義工服務的力量，從幫助他人和奉獻社會的出發點去思考和行動，用自己和同伴的力量為社會帶來更好的改變。

—— 勞保儀（右一）與實習生們品嘗北京當地小吃

參與編寫《中國城市可持續發展報告》的實習經歷

姓名：	吳瓊（April Wu）
大學：	香港大學
實習年份：	2016
實習機構：	聯合國開發計劃署駐華代表處

這份沉甸甸的報告賦予了一個初出茅廬的我無限的榮譽感與自信心，給了我在為人類、為社會追逐光明的道路上繼續勇敢前行的勇氣。

首先感謝和平發展基金會（PDF）曾經給我寶貴的實習機會，又給我這次機會讓我有動力着手完成這件一直以來希望完成的事情——把我在聯合國開發計劃署（UNDP）實習的經歷和回憶記錄下來，不僅僅是給自己留下珍貴的回憶，同時也希望這些經歷和個人感受給未來想了解及加入 PDF 的這個實習項目有一些具象的參考。儘管如此，每個人的實習經歷一定都是大不相同的，我相信我這篇經歷也有它獨一無二的光芒。

對於能夠參與到 UNDP 發布的《2016 年中國城市可持續發展報告：衡量生態投入與人類發展》（後面簡稱為報告）編寫工作，並成為了此報告的第二作者，我要感謝的人太多太多了。最要感謝的是當時我在 UNDP 的主管薩曼莎，她才是這份報告真正的締造者，感謝她對我的信任，讓我承擔起了我從不敢想像的

—— UNDP 2017 年春節派對

責任，在這一份如此重大的報告中，我的意見和看法被如此的重視，我們對於數據的考究，對於各個城市政策的分析，對於指數結果的解讀，我的參與促成了報告的發布，這一切都源於她的信任。這份沉甸甸的報告賦予了一個初出茅廬的我無限的榮譽感與自信心，給了我在為人類、為社會追逐光明的道路上繼續勇敢前行的勇氣。這份非同一般的實習經歷和成長，讓我對國際組織的工作有了新的認識，讓我不禁思考所謂人生意義的追求到底是什麼。

重慶武隆出差

　　沒有想到還沒有正式加入聯合國開發計劃署的辦公室，我就

接到要出差重慶的通知。我們要為了中國城市可持續發展報告其中一個生態旅遊城市的案例進行實地調查。首先能得到對自己工作能力的認同很開心,但是在還沒有充分了解項目的情況下,陪同無法以全中文形式溝通的項目負責人一同出差考察,無疑讓我有一些緊張。到達重慶,我們受到了當地發改委及政府部門工作人員的熱情接待,安排我們與農業局、旅遊局、林業局、生態環境局等相關政府部門負責人,就當地的生態旅遊發展政策進行訪談。全程需要我進行中英文的翻譯和資料記錄,並針對某些有價值的問題深入追問。最讓我印象深刻的還是採訪當地從事旅遊業小商戶的經歷。其中有一些是在山上開民宿的業主,他們講述了旅遊業的發展對他們生活的改變,也提到為了給遊客更好的體驗而改善環境,重視保護,由商戶組織統一垃圾分類及處理;也了

—— 北京聯合國大樓正門

解到有一個曾是當地貧困村的農戶們通過網絡平台出售當地農產品而脫貧致富的故事。讓我非常觸動也非常珍惜的也是能有這樣一個機會可以真切地與當地人進行訪談，從而明白到當地經濟的發展、政策、科技的變化和其對人民生活的影響。不同於從書本和新聞上所見，這些都是我親眼看到、親耳聽到的，更有信服力。另一

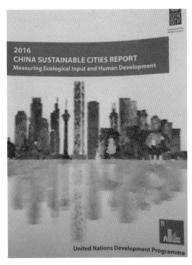

——《2016 中國城市可持續發展報告》

個印象深刻的是，完成了數個訪談，結束了忙碌的一天，當我們晚上九點回到酒店時，項目負責人提出要和我一同把白天的筆記總結並編撰成文檔，當完成的時候已是深夜。這讓我對聯合國工作人員認真與敬業的態度肅然起敬，也讓我感到這份工作的嚴肅與責任之重。

參與報告的編撰與發布

《中國城市可持續發展報告》是一份衡量人類發展與生態投入的報告，總結類比了三十五個中國大中型城市，考量其人類發展、自然資源消耗以及污染的排放程度。此報告同時涉及到城市化、可持續發展、清潔能源、發展綠色交通、限制城市無序擴張、改善垃圾管理等課題。參與籌備這份報告包含了許多細分的工作類型，包括：數據校對、與同濟大學及內部其他團隊

溝通合作、指數計算、模型分析、歷史數據對比分析、各大城市的政策調研分析（能源政策、用水政策、土地規劃政策、排污政策等等）、案例分析、最終文章校對和翻譯工作等。我們對待每一個數據、每一個政策、每一個模型分析都是抱着認真負責的態度，爭取做到數據準確，有據可依。

報告發布的當天，地點在人民大會堂，來了許多聯合國領導，也有各個地方官員，同時看到非常龐大的媒體記者群體和一架架攝影機的壯觀場面。聽到聯合國開發計劃署駐華代表處國別主任文靄潔女士的開場講話時，我被這場景深深的感染，無限的激動與自傲，許多個忙碌的夜晚和心中的焦慮在這一刻都值得了。報告發布後，我還在世界未來委員會（WFC）組織以「未來城市」為主題的《中國城市評論》（綠色城市專輯）發布儀式上，代表聯合國開發計劃署，就《中國城市可持續發展報告》發表講話。

改變與成長

首先對我個人而言，雖然在 UNDP 只有短短的六個月時間卻發生了對我的人生極為重大改變的事件，那就是我得以從異地戀的生活走入了婚姻的殿堂，我在加入 UNDP 的三個月後與交往三年的男朋友解決了人生大事。

而實習的內容則全方位幫助我對於可持續發展課題的學術研究，包括增強了我的研究技能，提高了我的分析能力並刷新了我

在城市化和氣候變化領域的知識。在整個實習過程中，隨着項目的進行，同時有很多提高各項技能的機會。比如，對組織內外的溝通能力、政策研究、報告撰寫、數據分析、採訪溝通等，當中我亦在努力為團隊做出貢獻時得到全面的發展和鍛煉。整個實習經歷讓我了解到加入國際組織工作是怎樣的感受，真切體會到國際組織是如何圍着統一的目標「make the world a better place」在作出努力。對於許多人來說，這可能也是一個改變思想觀念的機會。它促使你對於世界問題有更深層次的思考，比如能源效率、全球氣候變暖、經濟發展與環境保護的平衡、貧困、飢餓、女性平等等問題，我相信所有參與項目的實習生都提高了對十七個可持續發展目標的認識。當了解到我工作內容對周遭社會環境的意義時，讓我充滿了榮譽感、成就感、責任感。這可能就是這個實習項目與其他公司實習項目最大的不同。

—— 2016 中國人類發展報告介紹

總結

　　總體而言，六個月在北京的聯合國開發計劃署工作是一次非常愉快和有收穫的經歷。所有人和實習生都像一個大家庭一樣，大家親切友善。與其他許多人一樣，我在來之前希望在實習時能有所作為；幸運的是，聯合國的實習項目從第一天起就為所有實習生提供了這樣的機會。由於當時香港大學 Master of Philosophy 身分的限制，本來有機會長達一年的實習機會只能進行半年，現在回想起來非常遺憾。這是一個很好的機會，我強烈建議有機會的同學將來加入該計劃。如果未來各位同學有幸拿到延長至一年的實習機會，在條件允許的情況下，要盡量完成它，你們會得到意想不到的收穫。

北漂的間隔年

2015年正值
聯合國成立七十周年，
10月的聯合國日活動意義重大，
在參觀畫展與聽演講的過程中，
我更加意識到聯合國肩負的使命
及其對世界的貢獻。

姓名：	吳平（Wu Ping）
大學：	香港理工大學
實習年份：	2015
實習機構：	聯合國開發計劃署駐華代表處

2015年3月，我正修讀研究生課程的第二學期，同時也在尋找暑期實習機會。某天晚上清理學校郵箱時，發現有一封標題特別長的郵件：「United Nations Development Programme – The Peace and Development Foundation Internship Programme 2015」。打開一看，竟看到有財務實習的機會，便決定一試。兩個月後，我在圖書館自習期間，突然接到一通來自北京的電話：「喂，您好！請問是吳平嗎？我們這裏是聯合國開發計劃署，想跟您進行電話面試。」我與聯合國的緣分便是從這場面試開始的。幾周之後，聯合國開發計劃署人力資源部給我發送了錄用通知書。我的內心滿懷感恩與期待，買了去北京的機票，開始整理行李。

實習是在6月初正式開始的。接受入職培訓後，我對聯合國系統有了初步了解。例如我所在的財務部在當時是聯合國在所有駐華機構的財務營運代表，承擔着重要責任。我的工作主要包括：在聯合國財務流程和規定下，參與工作計劃的實施；對各機構付款進行基礎分析，提高付款流程的效率；提供會計與管理支

—— 聯合國駐華代表處門口留影

—— 2015 年國際田聯十公里大眾跑比賽

持，包括處理憑證、發票、支持文件、編制財務報告、查詢匯率、檢查存款資料等。

相較其他部門，在財務部實習要特別注意的是，如果在工作過程中遇到任何不確定，請及時與同事討論，因為財務上的一點疏漏都可能會引起重大的影響。但只要你樂於溝通、工作謹慎並且勤奮，同時主動與其他部門的同事建立聯繫，對他們的工作有所了解，相信每個人都可以在這個溫馨、多元化的院子裏收穫美好的回憶。

在聯合國的半年實習既充實又有趣。我們每月都有機會參與午餐會，大家會就某個主題暢所欲言，如 IT 常見問題、南南合作等，也有同事分享工作經歷和人生見解。讓我難忘的是 8 月的國際田聯十公里大眾跑，由聯合國開發計劃署邀請各駐華使館熱

—— 2016 年回訪聯合國駐華代表處

—— 2017 年參觀聯合國日內瓦總部

愛跑步的同事一同參加，大家一路互相鼓勵，十公里的跑程讓我領略到北京經典地標的魅力，也順利完賽。2015 年正值聯合國成立七十周年，10 月的聯合國日活動意義重大，在參觀畫展與聽演講的過程中，我更加意識到聯合國肩負的使命及其對世界的貢獻。

　　這次實習機會是我成長路上的一份禮物，它開拓了我的眼界，也讓我變得更加勇敢。我初次到北京生活、工作，一嘗在非政府組織中工作，結識到真誠、優秀的朋輩，累積必要的職業素養。職場與校園的半年間隔，也勉勵我回到校園，繼續強化專業知識與技能，以取得具有競爭力的工作。這些年我始終保持對聯合國的關注，曾經作為第七十屆聯合國大會中國青年代表到紐約參與討論，見證「可持續發展目標」通過。後來在瑞士工作期間，我多次到日內瓦總部參觀，了解聯合國的最新發展動態，並

在開放日那天積極參與互動，對「可持續發展目標」的實現進程
有了新的了解。

　　聯合國的實習一般是無薪的，因此我十分感謝和平發展基金
會在實習期間向我們提供資助，正是這人生的第一筆工資讓我體
會到了掙錢的不易，在追求美好生活的同時，一定要學會合理
開支，儘早實現經濟獨立。這個項目對於在香港讀書的學生而
言，是累積聯合國機構工作經驗的好機會，有助加深我們對聯合
國系統及其在中國運作程序的認知。在此，我也想感謝我的母校
香港理工大學對我的推薦與支持。

—— 聯合國日慶祝活動

── 2015 年作為中國青年代表參加第七十屆聯合國大會

記聯合國的
一年所見所思

姓名：	許樂怡（Joyce Xu）
大學：	香港大學
實習年份：	2014 – 2015
實習機構：	聯合國開發計劃署駐華代表處（新聞部）
現時：	於香港某慈善基金任職項目主任

使館區的銀杏樹由枝繁葉茂
變得金燦燦，夕陽餘暉下的
亮馬河那片波光粼粼，
慢慢凝固成晶瑩的冰面……
北京的人來人往，
四時變化的佈景，
一切還歷歷在目，
誰又能忘記這樣絢爛多彩的
經歷？

2014年6月，我剛從港大畢業，便隻身遠赴北京，加入聯合國開發計劃署駐華代表處（UNDP China）的新聞部展開為期一年的實習之旅。使館區的銀杏樹由枝繁葉茂變得金燦燦，夕陽餘暉下的亮馬河那片波光粼粼，慢慢凝固成晶瑩的冰面……北京的人來人往，四時變化的佈景，一切還歷歷在目，誰又能忘記這樣絢爛多彩的經歷？

翻開一幀一幀的照片，一段一段難忘的回憶紛至沓來。UNDP使我有機會與當地外交官、政府官員、非牟利組職、企業、學者等合作，加深了我對國際組織的運作以及國內外文化的認知，令我對中國的發展機遇以及其參與國際事務所扮演的角

—— 在聯合國辦公室門外拍下畢業照，別具意義。

色，有更深入的認識。

　　UNDP 為推動聯合國可持續發展的目標不遺餘力，從減貧到能源環境，從災害管理到促進發展中國家之間的合作，涵蓋極廣，可謂任重道遠。因此，聯合國猶如一個多元開放的舞台，匯聚了不同背景的工作人員，但辦公室內並不強調等級，即使實習生也有很大的自由度去表達所想，發揮所長，甚至獲邀出席一些高層會議。

　　中國近年積極發展各種科技創新項目，其中一個聯合國與環保部和百度合作的項目——透過大數據技術及手機應用程式來促進電子廢物在正規渠道下被妥善回收——真令我大開眼界。有一次，我被任命到位於中關村的百度總部為此計劃撰寫會議紀

錄，真是戰戰兢兢！一方面，我要用盡心力去聆聽那濃濃北方口音說出的行內術語，一方面要一眼關七，細心聆聽在席的官員、電器生產商、回收商等之間的熱烈討論，牢牢記錄當中的重點，那時真有缺氧的感覺。但正如高原的缺氧訓練，熬過了，才可提升自己。看着計劃由策劃到落實，一切辛勤付出，都是值得的。

我很喜歡面對人的工作，很感恩這次能將新聞系專業學以致用，參與及報導不同會議和研討會，並協助撰寫和翻譯不同類型的新聞稿、演講辭、報告等，並透過社交媒體發放。另外，我亦幫忙籌辦了多項大型活動，包括在富麗堂皇的恭王府慶祝聯合國紀念日，以及在中國人民大學慶祝聯合國成立七十周年的郎朗音樂會，增強了自己待人接物的能力。在接待聯合國前秘書長潘基

—— 與新聞部的同事接待時任聯合國開發計劃署署長海倫‧克拉克（Helen Clark）

—— 與時任聯合國常務副秘書長楊・艾里亞森（Jan Eliasson）合照留念

文、聯合國開發計劃署前署長海倫・克拉克、荷蘭王后等來賓時，背後的周詳安排，外交官員的靈活、專業、一絲不苟的態度和對突發事件的應變能力——這些都不是能在象牙塔裏學到的東西，讓我獲益良多。

這一年，我認識了來自五湖四海的同事，也見證了何謂臥虎藏龍。他們各有理想，卻同樣精彩，每人的故事都能獨立成章。當中有的更成為莫逆之交，至今仍經常聯絡，互相砥礪。他們當中，有的致力推動性別平等，有的醉心於環保，有的熱愛研究國際關係，有的致力促進中非之間的發展合作。猶記得一位來自雲南彝族的同事，她致力推動少數民族的扶貧項目，其中一個便是將少數民族女性的傳統手工藝品推廣給社會大眾，藉此拓闊銷售渠道。另一位親切的香港同事，則醉心於經濟發展學研究，奮鬥多年，終獲得聯合國紐約總部的長期工作。我最近亦在網上翻閱了他有份撰寫有關全球應對新冠肺炎的報告。

一眾同事的眼睛，也讓我看到更遼闊的世界。他們甘願告別故鄉和親人，毅然前往各地求學和工作，努力實現理想，讓我意識到生活的無限可能。他們亦樂意分享，讓我從中了解到各地的文化差異和多樣性，例如：意大利人和英國人對生活態度的不同；巴基斯坦人的宗教信仰和婚姻觀念；中國的北方人比南方人坦率直接；成都人愛過悠閒自得的生活，山東人則熱情好客。文化和思想互相碰撞，激發出無數火花，燃亮了腦海中一個又一個的無知世界，讓我體會思想開放和獨立思考的重要，讓我學懂宏觀分析事物，讓我實踐求同存異。我深信，通過彼此互相溝通、理解和學習，有助消除偏見，達至真正的尊重包容。

讀萬卷書不如行萬里路，在工餘時我會把握機會到內地其他城市旅遊，包括天津、內蒙、青島和杭州。我亦抽空遊覽首都的名勝古蹟，穿梭大街小巷和獨特的胡同，品嘗不同地道特色美

—— 到達北京不久，便着手籌辦 2014 年社會化媒體與
公益峰會（Social Good Summit 2014）。

—— UNDP 匯聚了來自五湖四海的同事，互相交流，互相學習。

食。我學懂了滑雪，曾三次爬上長城，三次走上景山俯瞰故宮全貌，數十次品嘗大董的烤鴨（因而被笑稱為「大董代言人」），曾花逾七小時車程到郊區探索五百年歷史的明清古村——爨底下村……那種新舊交替的城市風景，那種異地的風土人情，那種歷史的餘韻，一一烙在腦海中，令我畢生難忘。

我很慶幸獲此多姿多彩的工作體驗。這段經歷彷彿在我心靈上開啟了一扇通往另一個世界的門，亦令我產生從事非牟利組織工作的興趣。現在，我正為香港一個慈善基金工作，期望幫助社會上的弱勢社群，回饋社會，活出生命的真義。

最後，在此特別鳴謝和平發展基金會支持我參加這個實習機會，並感謝主管及同事過往的勉勵和指導。

—— 闊別五載，UNDP 的舊同事於 2019 年再在北京聚首一堂，地點更是其中
一位前同事開設的餐廳。天下無不散之筵席，但總有再聚的一天。

—— 在景山上俯瞰故宮景色，別有一番滋味。

我們可以讓世界變得更好嗎?

你我哪怕再微不足道,都定能讓周邊的小世界變得更好,從而聚沙成塔影響着「大世界」。

姓名:	吳碧宇 (Justin Wu)
大學:	香港城市大學
實習年份:	2014 – 2015
實習機構:	聯合國開發計劃署 駐華代表處

2021 年以一場至今影響還未結束的公共衛生事件開始。我們的未來在哪裏?這個世界會變得更好嗎?我不知道;但回想起七年前在聯合國開發計劃署駐華代表處奮鬥的一年,我可以肯定地說:我們很多人都真的在為讓世界變得更好而努力。

我叫吳碧宇,現時在中國大陸營運一家自己的環保企業。在 2014 年至 2015 年,我有幸通過和平發展基金會(PDF)的資助在聯合國開發計劃署駐華代表處運營組實習一年。可能我是為數不多在運營組中實習的 PDF 資助受益人,希望我的經歷能夠幫助大家更好地了解聯合國的辦公室每天是怎樣運作的。

運營組包括行政、財務、人力資源和採購四個工作組。我的工作主要協助行政和採購組。聯合國開發計劃署作為一個機構,想要維持高效正常的運轉,不僅需要每個項目組員的努力,更離不開運營員工的辛勤付出。項目組是我們的一線工作人員,而運營組是為他們準備好一切完成任務所需裝備的幕後人員。這些日常的營運事務,最複雜的是採購部分。作為一個非盈

利的國際組織，每一筆經費都來之不易，如何找到最合適的供應商和合作方是非常重要的一項任務。採購和項目支援是一項非常需要耐心的工作，每一天都要面對很多瑣碎的細節。從哪裏招標、怎樣選取最合適的報價、什麼時間和項目組對接、什麼時間和合作方會面等都需要我們來完成。在其他行業和領域，實習生大概不會像在聯合國中如此重要。這裏有超過一半的工作都是由實習生主導和完成的。雖然運營組的工作不像專案組一樣，會通過與廠商和政府的協力合作使項目落地，但是每個項目我或多或少都有參與。比較難忘的是當時一項與新浪微博合作舉辦的綠色出行活動，我們騎着藍色的聯合國腳踏車從北京東二環一路騎到奧體公園北五環。那時正是 8 月盛夏，北京的夏天一點也不比香港的來得輕鬆。但我們今天更綠色的出行是不是可以讓下一代擁有不那麼炎熱的夏天呢？

—— 午飯時間與同事們踩着聯合國單車吃飯去

—— 最後一個工作天攝於北京聯合國大樓門前

　　而這段實習更大的收穫是認識了每天都努力讓世界變得更好的同事。他們或許在其他領域能有更高的收入，為了理想卻選擇為聯合國工作，以幫助那些有需要的人，挑戰真實存在着的不公。原本我的計劃是在實習結束後回香港找一份金融機構的工作，但這一年的實習深深影響了我。在這之後，我去南美洲做了一個夏天的義工；然後回到了家鄉山東創立了自己的環保公司，通過預先分類實現更高效的垃圾回收。我們作為一家小規模民營企業，通過競標成功地成為政府的可回收垃圾處理供應商之一。雖然我們參與的只是紙張的回收、再生工作，但我很自豪能參與到國家的節能減排項目當中，為社會節能轉型略盡綿力。我很感謝這段實習經歷深深地影響了我的選擇，更感激 PDF 的支

持，才讓這一段過去想都不敢想的經歷變成了現實。

　　沒有人可以預測未來，但我確定的是，你我哪怕再微不足道，都定能讓周邊的小世界變得更好，從而聚沙成塔影響着「大世界」。希望更多的香港青年加入 PDF 的大家庭，為此付出自己的一點點努力。

—— 聯合國七十周年紀念活動留影

幾件小事

我們的工作都是為
更大的目標作出貢獻。

姓名：	周達榮 （Cyrus Chow）
大學：	香港中文大學
實習年份：	2013
實習機構：	聯合國駐華協調員 辦公室
現時：	於香港投身公共服 務行業

關於聯合國，有一件你可能不知道的事：電視新聞經常提到
「聯合國大使」這個職銜，其實從來不存在。

我在香港中文大學念四年級時，和平發展基金會的聯合國機
構實習計劃正進行招募，引起了我的好奇。我自小對國際事務
只有顯淺的理解。例如，我知道一個主權國家的最高外交代表
是「大使」，英文是「Ambassador」。當時招募廣告中有一個支援
「UN Resident Coordinator in China」的實習崗位，在了解過工作範
疇和資歷要求後便申請了。然後，在 2013 年初夏，我走進了聯
合國位於北京亮馬河的深紅色大樓。

上班第一天，同事告訴我這是「聯合國駐華協調員」的辦公
室。協調員把各個聯合國機構凝聚在一起，提高整體效率，其辦
公室則負責支援由協調員與多位聯合國機構負責人組成的國別小
組。我聽後嚇呆了——原來聯合國的代表不稱作「大使」，而是
「駐地協調員」，這是我自應聘以來一直不知道的。幸好這不是
求職陷阱！

我當時還不知道，這次實習經歷成為我擴闊眼界和豐富閱歷

—— 時任聯合國秘書長訪華與聯合國駐華協調員及員工合照

的序幕。實習崗位職責非常廣泛，剛巧聯合國秘書長訪華，我被委派參與籌備工作，包括準備秘書長在華的行程和會議、為不同機構負責人撰寫講辭要點、協調聯合國與政府部門合作編寫報告、規劃活動以提升聯合國的公眾形象。這些工作增進我對外交禮儀、聯合國的工作，以至內地參與國際事務的認識。

我亦透過工作認識了不同範疇的專家和來自世界各地的實習生伙伴們。我還記得，鄰座的同事曾經為柬埔寨國會進行英語課程，熟悉內地發展成功經驗的澳洲裔政策顧問能說流利普通話，來自印度的博士實習生笑容溫暖靦腆，負責常務的實習生是清華大學學霸且勤奮謙和，埃塞俄比亞裔的安保事務專家曾經長駐阿富汗工作……四方八面都是五湖四海的精英，驅使我也努力工作起來！

印象最深刻的是上司們身體力行地表現出對服務社會的熱誠。在工作間和會議室中，上司們對駐華協調員分派的工作永

—— 於北京聯合國大樓門前留影

遠興奮雀躍。聯合國秘書長訪華前兩星期，我每天隨上司與各部門會面，晚上與紐約總部交接工作；他訪華期間，我們又在訪問團下榻處一同工作至深夜。一天晚上，大伙兒在辦公室晚餐時，上司一邊吃着外賣披薩，一邊分享着說，不論崗位高低，「我們的工作都是為更大的目標作出貢獻（We are part of something big）」，鼓勵我們一起奮鬥。

那個時候我肯定是餓過頭了，只忙着把披薩往口裏啃，似懂非懂，沒回答些什麼。實際上，這些經歷給予我足夠的信心、視野和人際網絡，啟發我往後的發展。我認識到聯合國駐華協調員辦公室的不少工作都聚焦在國際規範和多邊合作，亦了解到內地的發展一日千里，尤其在教育、農業、科技以及環保等議題的角色更是舉足輕重，並有不少成功的經驗可以與其他發展中國家以至全球分享。回港後，我與其他實習生朋友創立了志願組織，與本地大學進行跨領域的合作，以及邀請世界衛生

組織和本地醫療機構的領袖進行分享，透過多項暑期活動讓上百名本地青少年認識國際組織的工作，以及以科技及創新方法嘗試解決不同的公共衞生問題。其後，我投身公共服務行業至今，除了樂於繼續與內地的不同界別交流，例如與青少年一同參觀內地的科技龍頭企業，亦有機會應用我對國際規範和倡議的認識，在社區推展健康城市項目、鼓勵青年把握區域優勢，積極創新、創業等。從前的經歷和上司的鼓勵在我心中發了芽，讓我願意在不同公共服務的崗位裏，與志同道合的人們為社會大眾一同努力。

是的，我們實在要一起努力，尤其現時全球疫情正盛。2020年初，世界衞生組織急需一名專家促進各地疫情的資訊發布和交流。由於事出突然，一直聽説還未有人應徵，有關方面希望我們仔細考慮一下。對於這個千鈞一髮、甚至有點「命懸一線」的邀請，我既躍躍欲試，同時也戰戰兢兢。的確，我的家人擔心我可

—— 與各部門的實習生合照

能會在工作期間染上新冠肺炎這個當時仍是充滿未知的疾病。
同時，我想起了我遇過的那些可敬的人們：那些時刻堅守專業精
神、那些長駐在惡劣環境服務、那些曾經風風火火闖四海的人
們。過往的實習經歷，加上隨後服務社會的經驗，曾經使我認真
考慮各種形式的參與，為席捲全球的疫情略盡綿力。數天後，我
跟家人說已經有能者擔起重任；他們也鬆了一口氣。其實，全球
化下，疫情不分你我，我深信一眾曾經於亮馬河深紅色大樓奮鬥
過的實習生伙伴們，無論何時何地，都已經為了服務大眾準備就
緒！

—— 聯合國單車是不少實習生的代步工具，既支持環
保，也是我們的珍貴回憶。

亮馬橋河畔的機緣

當你踏入職場之前，最好能多去開闊一下自己的眼界，參加學校社團，去公司實習，或者參加工作假期，這些都能幫助你明確自己的生活目標或職業目標。

正是經過聯合國的實習之後，我才開始了解到自己的追求是什麼。

姓名：	章素君（Becky Zhang）
大學：	香港中文大學
實習年份：	2013
實習機構：	聯合國開發計劃署駐華代表處
現時：	於某獵頭公司擔任資深獵頭經理

猶記得 2013 年 12 月 31 日那天下午，我踏出了北京亮馬河畔的聯合國大樓，結束了為期五個月的實習。回頭一看，原來距今已有六年多的時間。當和平發展基金會（PDF）問我能否分享跟聯合國的故事時，我毫不猶豫地答應了。原因有二：第一，我想把自己的經歷分享給即將踏入或剛踏入社會的年輕人，希望能對他們有一些幫助；第二，我發自內心很感謝 PDF 給我提供這麼一次難得的機會。

聯合國實習之契機

2013 年 4 月，我在家瀏覽着學校網站，突然視線停留在一則聯合國實習生的招聘廣告。這則廣告對香港所有大專生進行公開招聘，錄取人數僅不到三十人。我是很有興趣的，但認為自身

—— 攝於 2013 年 9 月，天津一日遊。

條件很普通：GPA 沒有 3.5 以上，在校期間沒參加什麼社會實踐活動，且非來自名牌大學，乾脆別浪費時間去申請了。但我的腦海中不斷聽見另一個聲音：「申請會有任何損失嗎？沒有。但如果我不申請的話，成功概率就為零。」最終我趕在最後一個申請日遞交了文件，整個過程沒跟任何人提起，因為我內心深處仍覺得成功的概率微乎其微。感謝當初的一個決定，讓我今天能夠在此分享我的聯合國經歷。

2013 年 7 月 1 日的早晨，我來到了位於北京亮馬橋的聯合國大樓，開始了我與聯合國的故事。我的主要職責有：實習生招聘，包括履歷篩選、電話面試及跟進整個招聘流程；組織實習生們參與聯合國相關活動；參與面試，收集並匯總面試官的評語；協助上司處理人力資源相關的其他事務。當中讓我最感興趣的是招聘工作，我需要進行初步篩選以供用人部門進行面試，郵箱裏

—— 攝於 2020 年 1 月，參加實習生的印度婚禮。

總收到很多應聘各部門實習職位的履歷，這些應聘人選都非常優秀，全都是來自國內與國際頂級院校，實在讓人難以抉擇。當然，僅通過閱讀履歷是無法判斷該人選是否符合招聘需求的，因此我會和候選人進行電話面試，通過電話上的交流來了解候選人的情況及軟技能。在這期間我學會了提問，引導候選人回答一些我需要了解的資料；我學會了聆聽，讓電話另一端的人去表達他們更多的想法。感謝這段時間的實踐經驗讓我明確了個人的職業發展方向，而我之後所從事的工作真是跟招聘密切相關。

聯合國之最大收穫——友誼

　　聯合國內部有三十多個實習生。我作為一個人事部實習生，其中一個重要職責就是組織實習生的活動。對於本身缺乏組織經驗且略微內向的我來說，這是一項挑戰。面對挑戰，就只能勇往直前。入職第一周我就發現實習生之間的往來並不多，因為聯合國的辦公室是比較分散的，大家也都分佈在不同樓層的不同辦公室裏面。我當時做的第一件事就是到每個辦公室跟實習生們介紹我是新來的人事部實習，並大概了解了每個人的背景。我開始組織大家一起參加活動。在許多個周末裏，我帶着實習生們走遍了大街小巷，一起感受了歷史悠久、底蘊厚重的首都北京。之後，每當有一批實習生完成實習期時，我都會組織歡送會。經過這次實習，我收穫了一生的朋友。雖然大家現在生活在世界不同角落，但在這漫長的人生道路上，我們仍相互支持着。

—— 攝於 2017 年 5 月，實習生們相聚於香港。

離開聯合國之後——我成為了一名獵頭

離開聯合國之後，我回到香港並成為了一名獵頭顧問，所接觸過的職場人士少則也有幾千人。結合自身的經歷，我有一些感悟希望能分享給年輕的讀者們。首先，當你踏入職場之前，最好能多去開闊一下自己的眼界，參加學校社團，去公司實習，或者參加工作假期，這些都能幫助你明確自己的生活目標或職業目標。我很感謝年輕時候的自己能夠勇於嘗試。正是經過聯合國的實習之後，我才開始了解到自己的追求是什麼。然後當你開始工作後，請記住不會有讓你 100% 滿意的工作，你要清楚知道你在工作中最看重的是什麼。在職場上，事業發展比較順利的人一般都清楚自己對職業的規劃，並且能作出果斷的決定。就我自身而言，我曾處於一段工作迷惘期，經常抱怨工作，之後也跳槽了幾次。跳到新的公司之後，我發現新的工作也並不是我想像中的那麼完美，而原本的工作也沒有那麼無法容忍。此刻的我正是「三十而已」，經歷過幾次跳槽之後，也明確了自己的職業規劃，並且正努力向我的目標靠近。

致謝

最後，十分感謝 PDF 給予的資助與關心。PDF 的資助很大程度上解決了我在經濟上的負擔。感謝 PDF 負責人的多次看望，PDF 的關心給予了我心靈的溫暖。

珍藏的回憶之在聯合國工作的日子

姓名：	姜身浩（Francis Jiang）
大學：	香港浸會大學
實習年份：	2013
實習機構：	聯合國開發計劃署駐華代表處
現時：	於某知名大型互聯網公司擔任財務分析經理

六月之期即將屆滿，基於自己不錯的工作表現和大家的信任，我有幸獲聘，繼續留在聯合國任職。

謹以此文感謝聯合國和平發展基金會（PDF）對我實習的資助與關心，以及聯合國開發計劃署（UNDP）對我實習與工作的幫助和支援，同時希望我的故事能夠吸引更多同學加入到聯合國實習項目中，也希望我的成長經歷能夠對廣大即將踏入社會的年輕朋友有所啟發。

2013 年 7 月 1 日，周一，像往常一樣我背起書包出門，開始新一周的「學習」；不過今日不同的是所在城市由香港變為北京，身分由學生轉變為聯合國一名實習生，「學習」環境也由課堂變為社會。就在兩天前，帶着在香港學習和生活滿滿的回憶，我來到了北京，開啟了為期六個月的聯合國實習工作。

在這裏我主要負責 UNDP 日常的財務營運，隨着對一切的熟悉和深入，我逐漸參與到部分財務分析的工作。過程中財務部的同事們會為我講解日常流程背後的邏輯，讓我對財務流程和框架有更為清晰深刻的理解。日復一日，六個月的實習生活很快就過

去了，我對財務工作也有了更全面的認識，提高了對這個領域的興趣，堅定了從事這方面工作的信心。

六月之期即將屆滿，基於自己不錯的工作表現和大家的信任，我有幸獲聘，繼續留在聯合國任職，有機會參與到 12 月底聯合國一年一度的工作計劃任務中。

相較實習期間，擔任正職的我更多參與到項目預算制定和分析過程中，也需要與各部門進行溝通和資料收集。這需要我們理解資料背後的邏輯和工作內容，進而判斷和平衡各專案間的資源配置。這不僅讓我了解到不同業務的預算和工作流程及內容，更讓我深刻認知到這些工作對一個組織的重要性，對預算與財務日常工作的緊密關係也有了不一樣的看法。頻繁地與各部門的溝通也讓我有更多機會走出財務部，提高了自己的邏輯表達能力，增進了與大家的關係。

—— 攝於 2013 年 11 月，實習生歡送會。

—— 和平發展基金會代表來北京看望我們

　　從實習到離開聯合國，十個月的時間轉瞬即逝，雖然時間不是很長，但對於剛剛步入社會的我而言收穫頗豐。工作層面上，這段經歷給我全方位的財務學習和實踐，從財務前端的報銷、核算，再到後端的預算、工作計劃我都有所涉獵，為我今後的財務生涯打下了堅實的基礎，理論和實踐的儲備更完善，提高了我在正式步入社會時的競爭力；另一方面，我也和大家在多個周末一起出遊，走過北京的大街小巷，雖然現在地埋上相距甚遠，但我們依舊不斷地相互支持着。

　　離開聯合國已經有六年的時間，每每經過亮馬河附近（聯合國駐華代表處所在地）都會勾起那段美好的回憶。十個月的短暫時光帶給我的不只是簡簡單單從學校到社會的過渡，更多的是對於個人職業發展以及人生觀、世界觀、和價值觀的培養。

　　離開聯合國以後，我繼續留在北京，在企業中從事財務工

作。至今六年的時間，從事的工作從成本核算、簡單的損益分析，再到現在公司、事業部層面的財務狀況，一步步走來，積累點點滴滴，工作內容隨時都在變化，唯一不變的是在聯合國培養下對工作認真的態度和專業程度。十個月的時間和經歷樹立了我對未來職業發展的道路和規劃，這對於剛剛畢業的我來說，具有非常重要的意義，不僅讓我快速適應了變化多端的工作環境，還使我的思想和方向更為清晰和明確。六年時光匆匆而過，雖然偶有迷惘，但把握住方向的自己正在一步步朝目標靠近。

文末，再次感謝 PDF 在我實習期間提供的經濟資助，解決了我在北京生活的財務負擔；同時非常感謝基金會成員多次到北京看望大家，感謝 PDF 對我不僅在工作，更在內心的培養。

期待與大家相聚在北京！

—— 2019 年回訪北京聯合國大樓

擺脫
過去的慣性，
天空才是極限

姓名：	李希（Louise Li）
大學：	香港理工大學
實習年份：	2012
實習機構：	聯合國開發計劃署駐華代表處
現時：	於聯合國駐華協調員辦公室任職聯合國駐華傳播負責人

在一個飛快轉型發展的環境裏，很難保持穩定的工作量與永恆熟悉的內容，往往在很多時刻需要有人去承擔額外的任務，拓展全新的領域，必要時有敢於犯錯的勇氣和試錯的毅力。

在和平發展基金會（PDF）成立十五周年紀念之際，受邀記錄下自己的經歷。一晃近十年過去，從沒想到自己竟會在聯合國系統內生根。

2012 年，我正在香港理工大學攻讀翻譯與傳譯文學碩士的最後一個學期，雖然成為聯合國專業譯員是這個專業許多同仁的夢想，但在聯合國工作這件事在當時看來還是非常陌生的概念。

回想起來，過程多少有些波瀾不驚：學校郵箱收到郵件，介紹了 PDF 與聯合國開發計劃署的合作實習項目。沒有多想便提交了申請傳播與翻譯實習生的申請。流程很嚴謹，一輪輪筆試和面試，最終在初夏時分離港，抵達北京，加入了聯合國開發計劃署（UNDP）傳播團隊。

當時的傳播團隊隸屬於合作伙伴關係與傳播團隊，到崗後不久便經歷了改組，成為了戰略規劃及傳播團隊。當時的我並沒有想到，剛加入便迎來了一系列大活動與項目，其中既有在那個社交媒體網絡並未發展成熟的時代便影響數千萬全球民眾的「千年發展目標公共傳播倡導項目」，也作為核心成員負責過總部高層的多次訪華，包括時任秘書長潘基文、時任 UNDP 全球署長海倫‧克拉克（Helen Clark）、時任 UNDP 全球副署長麗貝卡格林斯潘（Rebeca Grynspan）等。當時傳播團隊規模很小，但由於跨部門支持的屬性，為了更好的完成每篇新聞稿、翻譯、社交媒體文章、活動策劃等等，需要迅速掌握、了解整個駐華辦公室的項目、政策、行政等各部門的情況，並跟進重點項目具體的進展，以便能及時從傳播角度給予支持。剛加入 UNDP 的前幾年裏，每天都在大量閱讀相關文件，積極收集並分析和理解信息，不斷像海綿般猛力的吸收。九年前的中國辦公室，同齡人寥寥無幾，工作中生活中面臨着大量需要獨立思考判斷和行動的時刻。所幸有諸多熱心真誠且經驗豐富的前輩們，以不同形式和角度提供了幫助。這些經歷都是幫助我能夠在高強度工作中穩下心來，保持高效率產出和快速成長的重要因素。在不久後自己成為管理層以後，同樣注重賦權團隊成員，及時給予指導，彼此取長補短，帶領小團隊共同成長，完成一次次重大任務。

從後視鏡往回看，當時的聯合國駐華體系正處於重大轉型中，從傳統意義上的捐助出資方，向發展領域合作伙伴轉變。而時代的每一次變革，折射在個體身上都會產生新的機遇。傳統辦公室的氛圍逐漸轉向更加創新開放，新型項目層出不窮，合作伙

—— 與專家和合作伙伴向公眾分享傳播可持續發展目標

伴也漸漸從傳統的合作模式漸趨多元化，開始向諸多「非常嫌疑犯」（Unusual Suspects）伸出橄欖枝，私營部門、社會企業、孵化器、大型互聯網公司，愈來愈多的新型合作伙伴也逐漸盤活了辦公室內部的做事流程與風氣。在當時的領導層帶動下，UNDP駐華辦公室甚至創立了「創新驅動委員會」（Innovation Facilitation Committee），作為非正式的工作小組，吸納各團隊中有創新思維與熱情的同事，共議如何將創新納入到 UNDP 的日常工作軌道中。最終，「創新」融入了傳播部門，整體重組成傳播與創新團隊，後期又擴大成了沿用至今的傳播、創新與合作伙伴關係團隊（Communication, Innovation and Partnership Team）。當時除了日常的傳播工作，我開始將大量的時間和精力投入創新工作，而正是這不斷拓寬的視野，讓我每年在 UNDP 的工作都充滿新的挑戰與機遇。

在中國，創新往往意味着規模和效率。早在 2013 年，我在印度德里參加了由 UNDP 亞太區域辦公室舉辦的首場亞太創新頭腦風暴工作坊上，主題即是「Scaling-up」。相比於現在，當時創新還是個全新的概念，沒有可以沿用的前人經驗，但主體思維模式是一致的：除了最終創造出規模化影響，在初期把握機遇，發現和定義瓶頸問題，在可控成本範圍內進行試錯，過程中不斷回顧並及時調整方向，最終找到理想的解決方案，並在檢驗成功之後歸納模式，擴大規模和影響力。而這套思維對於個人成長同樣適用。回顧這過去近十年的歷程，從很多方面來說，在 UNDP 的工作經歷是成長發展中的一條高速公路。「The sky is the limit」是當時領導層常掛在嘴邊的話。工作範圍廣，想做到面面俱到，強大的學習能力和思考框架非常重要，遇事臨危不亂，才能把握住機會，且保證高質量的產出。在一個飛快轉型發展的環境裏，很難保持穩定的工作量與永恆熟悉的內容，往往在很多時刻需要有人去承擔額外的任務，拓展全新的領域，必要時有敢於犯錯的勇氣和試錯的毅力。在這種時候，不去過多計較外在的物質、待遇、個人得失與所謂的絕對的公平，堅持下來，最後回過頭把過去的點點滴滴連結起來，會發現保持個人能力的不斷強化和提升才是最重要的優先事項。

印象中最深刻的其中一次出差，是在 2015 年的冬天。彼時距宏偉的 2030 年議程與可持續發展目標發布尚餘數月，辦公室正在緊張有序的推進各項工作的計劃與落實。作為需要同時兼顧傳播、創新與合作伙伴關係的團隊的壓力可想而知。當時正在緊張準備日常各項工作，包括剛任命的首對全球聯合國熊貓大使的

後續傳播計劃，以及正在籌備中的雲南項目點，配合減貧項目組在少數民族地區開展電商培訓。在這個節骨眼上，臨時接到亞太區總部的一項任務：由於之前安排的導師行程有變，需要我立刻出發去馬爾代夫首都馬累組織一場針對數十名當地政府與各路合作伙伴的創新工作坊。這意味着，我需要在處理好手中正在進行項目的前提下，在不到三天的時間裏飛往馬累，配合亞太區域辦公室與駐地的同事，完成一場對於駐地辦公室來說非常重要的培訓。和多數人想像的美好「海島之旅」不同，飛往馬累的路途遙遠又辛苦，根據工作需求，完成了周五在北京的工作之後，周六凌晨飛往新加坡，在機場度過數小時的夜晚，次日清晨搭乘趕往馬累的第二程航班。飛行過程中一直抱着電腦準備第二天就要使用的文稿和演示文檔。落地後坐上在大浪中顛簸的擺渡船從機場抵達酒店，與和已經在當地的同事們匯合，開始最後的準備工作。在酒店裏三整天的培訓圓滿結束以後，還未來得及體驗任何海灘風情，便匆匆搭上返回北京的航班，回辦公室準備即將展開的少數民族項目活動。具體講述了這個例子，一方面是揭揭老底，許多往往聽上去高大上的聯合國工作背後，藏着灰頭土臉的努力，優先級別之間的痛苦抉擇，以及對時間的充分駕馭與規劃；另一方面也想指出，許多「額外工作」往往除了汗水和黑眼圈，也會產出下一個機遇：之所以這次亞太區在臨時之際選我補位，是因為數月前我參與了整體培訓思路的規劃，在當時也並非所謂我的「份內之事」，無非是將十幾個本可舒適度過的夜晚，變成在電腦前的敲敲打打。而正是這次臨危受命的圓滿交差，又為之後借調去亞太區辦公室三個多月作為亞太創新官員的工作鋪下了基礎，得以讓我之後從更高維度了解了全球發展領域創新藍

—— 在聯合國駐華系統媒體答謝會上感謝
媒體朋友一直對聯合國工作的支持

圖和願景。回想當初做每件「額外工作」的前一秒，並沒有任何
清晰可見的所謂豐厚「回報」和「條件」（Strings-attached），只
是盡力踏實的把事情做好。生活雖然不存在假設，但如果當時某
個時間節點中的我，選擇了待在舒適區裏，只做份內之事，極其
可能會就此生活在過去的慣性裏，機遇接二連三擦身而過，而自
己渾然不覺。只有當再回過頭來，將每個點鋪展開來，才能發現
由點、線及面的絲絲關聯和成因。

　　2019 年，聯合國發展系統再次經歷改革，根據秘書長古特
雷斯改革的要求，聯合國駐華協調員全面肩負起協調聯合國駐華

各機構和部門的工作。而我也惜別了工作八年多的 UNDP，加入了全新的加強版聯合國駐華協調員辦公室，負責傳播與倡導工作，並於下半年被時任駐華首席代表任命為負責統籌協調聯合國駐華整體傳播事務的聯合國傳播小組的主席。回過頭看，從通過 PDF 支持的項目作為敲門磚得到的寶貴實習經歷，到在 UNDP 留下後開啟正式職業生涯，到現在更高層次的崗位上，真實的邊界感非常模糊，這也是得益於 UNDP 這樣充分賦權的平台，在當時很少因為身分和職位的標籤而限制做事的種類。只要有好想法且兼備執行力，天空才是極限。

寫到這裏已至結尾，過去許多具體線條已經模糊，但沉澱下來的感觸依舊清晰。非常感謝 PDF 責任感極高的負責人這次誠摯的邀請，逼迫我再次擺脫了過去的慣性，第一次提筆記下了過去近十年裏，我的個人視角中聯合國工作的面貌。篇幅有限，而發生的事太多，必然有遺漏，也期待與讀者們日後的進一步交流。

注：本文僅代表作者個人觀點，與供職單位無關。

從日常交流中看見問題意識和新聞角度

姓名：	陳嘉慧 （Trish Chan）
大學：	香港大學
實習年份：	2011
實習機構：	聯合國開發計劃署 駐華代表處
現時：	於香港從事傳媒工作

以往我對內地的認識，也只限於新聞或書中所提及的一個個詞彙，如「農民工」、「春運」等，十分片面。然而，國內不同地區發展程度不一，各地有各種社會議題，十分值得人們去關注和了解，共同努力，找出改善方案。

2011 年夏天，我在聯合國開發計劃署（UNDP）在北京的辦事處實習，那是我第一次到另一個城市工作和生活，也是我首次接觸國際組織和可持續發展的工作。雖然我往後轉而從事傳媒工作，但這段經歷於我來說是非常重要。

我當時在 UNDP 的合作伙伴與新聞處（Partnership and Communication Team）工作，參與設計、社交媒體推廣和與傳媒聯絡工作，亦會在大小活動和發布會中幫忙——六個月的實習時間很短，而每天都接觸到不同的工作內容，遇到各種各樣有趣的人和事，更覺時光飛逝，但多年後的今天，許多事情還是印象深刻。

　　我還記得當時用了不少時間，去設計成功案例系列單張。單張主要是為了將減貧、災害管理、環境和能源等項目組的過程和成果，取其重點，提煉成一頁紙的精華故事。我所在的團隊，則是主力去了解各項目組希望分享的成果，然後找出最適合的傳播方式以及文字風格，撰寫成文。從連場的討論中，我了解到如何從這些項目成果選出最具新聞價值的角度，好讓信息更精準，更貼近受眾，更廣為傳播，當日所學至今仍然受用。

　　作為實習生，除了參與構思內容外，很難得地能夠負責單張設計及製作。由思考設計如何配合機構形象，帶出重點信息，以至決定視覺系統，到實際排版、確保內容準確無誤且方便閱讀，以至選擇最合適紙張及尺寸選擇等。當中壓力固然不少，但看到系列單張付梓印成，壓力也隨即轉化為成功感和滿足感。

　　然而，最讓我獲益良多的，就是能夠真正了解國內，包括減貧、農民工等各種議題。以往我對內地的認識，也只限於新聞或書中所提及的一個個詞彙，如「農民工」、「春運」等，十分片面。然而，內地不同地區，沿海和內陸，城市和農村，發展程度不一，各地有不同社會議題，十分值得人們去關注和了解，共同努力，找出改善方案。實習的日子裏，透過和各部門的溝通，助我對這些議題加深了解，並且認識到國際機構是如何透過倡議、培訓等去推動改變。

　　我大學時主修生物，理科背景的我未受過太多社科訓練，對社會議題理解甚淺。幸而在實習中，身邊有很多熱衷於社科研

究、關心社會的同事，他們毫不吝嗇地分享自己所知，從每日茶餘飯後而又十分充實的討論中，我亦慢慢熟悉如何以實證數據和案例比較，去批判地理解不同議題，亦慢慢對社會時事有了問題意識。譬如，今天當我嘗試理解內地正熱烈討論的「內捲」、「打工人」等詞，雖稱不上有獨到見解，但也能對這些字背後所談的有更深體會。

實習過後，我繼續進修，修讀新聞學碩士課程，更在北京從事了數年傳媒工作。有趣的是，我仍不時在報導中引用到 UNDP 的資訊，亦觀察到它所關注的議題日益廣泛，如對性別議題的討論更加進步且多元，在婦女賦權以外，加入跨性別者的性別認同等元素。我曾以傳媒身分參加 UNDP 所舉辦的創新工作坊，了解他們如何利用夜間燈光、設施覆蓋率等大數據測量貧困狀況，亦令我深感 UNDP 對創新科技的重視。

而我最珍惜的，自然是在當地認識的每一個朋友：實習開始前我在青年旅館認識的旅人、北京辦事處的所有同事、合作伙伴、甚至街上短暫認識的途人們，他們大多都是友善熱情的，與我一同分享每個喜悅時刻，也在我遇到煩惱時出手相助。那時我有三個室友，一個是內地人，一個是日本人，一個吉爾吉斯人，我們都一同在北京辦事處實習，下班後我們會一起回家，路上我們邊走邊談，交流各種知識、各類觀點，我為認識到彼此之間如此不同而驚訝，也敬佩她們離鄉背井追尋夢想的勇氣，並為我們能成為朋友而感恩。北京是個十分有趣的城市，來自各地的人在此相遇，雖是萍水之交，卻總覺相知恨晚。這裏，人與人之

間的關係非常密切，亦重視對方、樂意交流。

　　説到人情味，猶記得，辦公室二樓有一間以「老鄧」命名的會議室；「老鄧」其實是當時聯合國北京辦事處最資深的員工之一，他的職責是支援辦公室維修、用車等大小事，每當同事遇到什麼困難，他總是微笑着、輕鬆地解決問題，而為了感謝他一直以來的貢獻，辦事處以他的名字為會議室取名，足見人情味之重。

　　回想當時，若非從大學中得知和平發展基金會的實習計劃，我實在從未想過到另一個城市生活和工作，並如此努力去理解這個城市的社會和文化。

—— 與實習時期的同事在北京三里屯相聚

起點

人類發展經歷了
這麼多起起伏伏，生命卻總是
向着更美好的將來前進。
眼前的難關，不代表我們
停滯不前，前行兩三步，
也不代表我們會自此一帆風順。
人類發展如是，我們自身成長亦
如是。

姓名：	李鍵欣 （Megan Lee）
大學：	香港嶺南大學
實習年份：	2010
實習機構：	聯合國開發計劃署駐華代表處
現時：	於香港某教育基金會任職傳訊總監，並於和平發展基金會擔任義務行政助理

人人都說第一份工作很重要。

小時候，內心總有一股莫名的衝動，想到聯合國或無國界醫生工作，一方面想服務需要幫助的人，同時也希望通過這些經驗，親眼看看「人性」的面貌。而生命的安排總是如此出奇不意。大學畢業前收到學校郵件，得知聯合國開發計劃署駐華代表處通過和平發展基金會在招聘實習生，想也不想便提交了申請。一次抱着平常心的嘗試，便開啟了人生的職場大門。

從傳訊部實習生到有幸轉正成為傳訊助理，這是我人生中的第一份工作。兩年間，我第一次協助聯合國秘書長的訪華工作，從同事身上學會在活動中為女嘉賓額外準備絲襪（以防中途割破要臨時更換）的細心；第一次跟着專業電影攝製團隊以

—— 雲南減貧項目傳媒之旅中協助對當地居民進行深度採訪

及中國親善大使周迅，共同製作公益微電影《2032：我們期望的未來》，聽到人們對二十年後簡單有力的願望；也是我第一次和記者們一起走進深山，了解到身處貧困中的少數民族朋友的心聲。猶記得，當時我問一個當地年輕人：「項目可以為你們帶來新知識和跟現代社會更緊密的聯繫，但也可能會讓你們引以為豪的文化和傳統慢慢消失，老實說，你怎麼選？」他的回答至今依然歷歷在目：「我寧可脫離這種幾個月才能洗一次澡的生活。」後來我一直有跟這名年輕人保持聯絡。他們通過項目支持學會了會計、市場推廣等知識和技能，生活大大改善。民族文化和傳統？他們說：不敢忘，不會忘。

十年後，成長為非牟利機構中層管理人員的我，也一直在業餘時間為大學生提供職業輔導。至今，依然很多年輕朋友來問我，在聯合國工作甚至開啟你的職場人生是怎樣的體驗？我

—— 雲南減貧項目傳媒之旅後與當地居民建立了深厚的情誼，離去時依依不捨落淚擁抱。

說，在聯合國機構工作的經驗就像一把雕刻刀，刻在心上的是始終想要為他人服務、帶來希望的初心，刻在身上的是跟團隊，特別是當時的主管，學會的待人處事之道。就像大家所說，人生第一份工作的確很重要，因為它奠基了我的世界觀和工作觀。十年前的這個機會更是讓我收穫了無數志同道合的好友，在十年後的今天，形成了一個在不同領域繼續以助人之心回饋社會的人際網絡。有幸能以此作為職場第一站，唯有感恩，永遠感恩。

2020 年是堪稱瘋狂的一年。新冠肺炎的奇襲、世界發展及國際關係的迅速變化等都讓整個人類社會有點措手不及。在為同學們提供職業輔導過程中，聽得最多的便是「我不知道應該如何走自己的路」、「到底我應該如何為自己的未來做準備」等困惑。的確，這大概是近數十年來第一次，人類未來如此難以捉摸，沒人能猜到明日會發生什麼「意料之外」。但在聯合國這個

大家庭的經驗，帶給我非常堅定的信念：也許更好的未來無法一蹴而就，但通過協作和堅持，每一小步都是一顆希望的種子。人類發展經歷了這麼多起起伏伏，生命卻總是向着更美好的將來前進。眼前的難關，不代表我們停滯不前，前行兩三步，也不代表我們會自此一帆風順。人類發展如是，我們自身成長亦如是。面對這樣的大環境，這個信念成為了我繼續前行的後盾。機構管理也好，自我領導也好，曾經是聯合國人的我，依然帶着當天的初心，無懼挑戰，不斷前行。

今天，我很感恩能為和平發展基金會的聯合國機構實習計劃繼續服務，在工餘時間擔任基金會的義務行政助理，協助基金會處理每年的實習計劃有關事宜。現在的實習計劃已不再局限於聯合國開發計劃署駐華代表處，供同學們選擇的還有聯合國教科文組織、聯合國世界糧食計劃、聯合國婦女署、聯合國亞洲及太平洋經濟社會委員會等聯合國機構，實習地點也從北京拓展至香

—— 參與聯合國開發計劃署公益短片《2032：我們期望的未來》時與中國親善大使周迅女士合照

―― 春節員工大會上擔任司儀

港、曼谷、奧斯陸等地。每當多一個聯合國機構表示想招募香港學子成為實習生，心裏總是一陣雀躍歡呼；每年看到數以百計的申請，閱讀着大家簡歷上的故事和熱誠，彷彿持續地點燃着內心的助人之火。每位同學都是世界未來的希望。願這個計劃能成為你們職場的起點，更能成為你們人生的起點。

　　踏入職場逾十年，遇過貴人戰友無數，但最需要感恩的大概是當初願意給本來已經落選這個實習計劃的我機會的那個人。據說是她的一句話，説在我面試時看得出我想要助人的決心，願意給我機會去嘗試，才有了上述分享的種種。我們永遠不知道自己在哪一刻，便在某人的生命中播下足以改變他人一生的種子。藉着和平發展基金會十五周年，希望這本書中的故事及分享也會在你的生命裏種下某些種子，也期待在人類和社會發展的道路上，能有你同行，一同讓更多人相信未來，相信希望。

　　願我們都是未來的起點！

學食品的
聯合國實習生

實習經歷帶來的絕不僅是
履歷上的「聯合國」那幾個字，
更超越了單純跨文化交流背景的
範疇。

姓名： 金雷（Ray Jin）

大學： 香港中文大學

實習年份： 2008

實習機構： 聯合國開發計劃署
大圖們江流域合作
組織

去聯合國實習是 2008 年，已經是十二年前的事情了，我現在德國柏林經營一家食品相關的貿易公司。在中文大學的時候我修讀的就是食品營養科學，後來也一直從事相關的工作，但在當年相較很多文科財經類專業的聯合國實習申請者來説，我絕對算是有些異類。除此之外，後來得知被選上的原因之一竟是因為我懂韓文。現在回想起來，我作為一個冷門學科的理科生能被選上並受資助去聯合國實習，除了需要感謝和平發展基金會，還多虧了我在本科期間一年的韓國交換生經驗。

其實，韓國經歷給我帶來的不僅是語言，而是跨文化的交流學習。在韓國，我和來自世界各地的留學生組成了學校的外國人韓語話劇團，我們演出的劇目更是獲得了全國第一的好成績。初嘗了看世界的甜頭之後，我便更渴望繼續這樣的經歷和旅程。聯合國實習無疑是更上一個台階，我當時所在的聯合國開發計劃署大圖們江流域合作組織，應該是北京這麼多聯合國辦公室裏面最為國際化的。圖們江流經中、俄、朝三國，這個聯合國倡導的合作組織以其為名，強調以促進東北亞各國合作的宗旨，也體

現了這一區域的複雜性。我們的辦公室裏有來自中、蒙、俄、美、韓、及朝鮮的同事，我的韓語能派上用場主要是因為我協助工作的宋先生。宋先生更像一個父親，他教會了我很多他的韓國哲學，東亞人的溫良恭儉讓。現在我們還是好朋友，我去韓國出差也會和他，還有他家人一起吃飯，雖然他已是韓國財政部的高官，但是我們相處還是和以前一樣。

　　畢業以後我加入的第一個辦公室，竟然和聯合國實習時的工作地點位處同一個外交人員辦公區。我成了中德合作食品安全項目的項目官員。這個項目的大背景是 2008 年嬰兒奶粉的三聚氰胺事件，德國聯邦政府向當時中國分管食品安全管理工作的國務院食安辦和衛生部倡議開展針對技術官員能力建設的合作項目，將歐盟和德國自瘋牛病爆發後汲取的經驗教訓和先進的管理傳遞到中國，影響中國的決策單位，從而避免更多的食品安全事件爆發。上司坦言除了我的專業背景經驗外，聯合國的實習經歷非常吸引人。其實後來工作中我能感覺到實習經歷帶來的絕不僅是履歷上「聯合國」那幾個字，也超越了單純跨文化交流背景的範疇，當時我們協調推進的政府高層合作項目，需要的是對國際政治大環境的理解，對官僚體系的深刻認識，那些你需要的言談舉止以及遣詞造句，學校是學不到的，非常感激聯合國能給我這樣的機會，讓自己能預演這一切。還需要謝謝當時的同事們，可以在那個開放的工作環境中及時指正我實習階段犯過的一些小錯誤，在後來的工作中，我才能以更專業的態度協調政府間重要的合作。中德項目期間，我們將很多中國技術官員送到歐洲交流培訓，很多研討和共同撰寫的成果也對後來中國新的食品安全法做

—— 金雷現在於德國工作和生活

出了一定的貢獻。現在電視上國務院有關食品安全的權威發布常
能看到很多熟悉的面孔，國家愈來愈強調以風險為導向的食品安
全監管體系建設，就是我們項目當時一直在倡議的。

　　而我個人在中德合作食品安全項目兩年後接近尾聲時，啟程
去了德國開始一段新的旅程。我成為了德國聯邦總理獎的獲得
者，受德國總理府和聯邦外交部資助，進入德國聯邦消費者保護
和食品安全局，開始為期一年多的學習和工作。面試的時候考官
們圍坐一圈看着我，一共十二、三個人，有使館的政務參贊、
中德兩邊大學的教授、洪堡基金會的代表，還有大企業 CEO。大
家都又再次對我的履歷表現出了興趣，理科生，學食品的，還在
聯合國實習過，德國聯邦食品安全局的局長許諾會成為我在柏林
的導師。其實現在早已不太記得當初面試具體說了什麼了，但是

我記得説過協調工作在很多人看來不能稱之為一種特長，更不是一種職業。起碼在去聯合國實習之前我自己是這麼認為的，但通過實際的工作，你會發現，任何事情都離不開人，都是在和人打交道。作為總理獎獲得者充分讓我享受到了與人交流的樂趣，出去看世界，也是在看世界上的人們，分享彼此的學識和經歷。德國是聯邦制的國家，我所在單位的重要職責之一，就是要協調全德十六個聯邦州的年度食品安全監測計劃的執行情況，同時制定之後的監測重點和目標。作為歐盟成員國，我們又需要去到布魯塞爾去進一步溝通整個歐盟的相關工作。雖不再是聯合國機構，但是很多原理和場景是非常相似的。比如歐盟的會議，當時的二十七個成員國代表都説着不同的語言，需要有十二個以上的同聲傳譯人員現場翻譯。聯合國實習的經歷再次讓我做好了準備，讓自己不會覺得這些場景陌生。

再後來我還在堅持做食品，只是現在扮演的更多的是一個商人的角色。我常和朋友調侃自己説聯合國實習和德國政府的工作是人生的高光時刻，現在從商便很難見到以前的風光了。但我自己還是希望能和大多數商人不一樣，因為我特殊的經歷，那些我熟悉的人際網絡和遊戲規則能幫我站在跟別人不同的角度來看問題，即便是簡單的國際貿易，我也希望自己能做的更有競爭力。團隊已經建立快要六年的時間了，我們在德國和中國都有辦公室，人數不多但是做得很用心也很專一。我們的客戶們在中歐兩邊各自國家中，都是行業內數一數二的龍頭企業，個別門類產品的年進口量我們在中國也做到了至少前五位。更重要的是我們非常看重趨勢，比如一帶一路倡議出台以後，我參加了多個歐

盟國家政府部長級商務代表團的訪華日程，上海進口博覽會每年也有我們的展台。商人的日常以數字和行情為主，略顯枯燥，我也極少會跟商業伙伴提及自己聯合國的經歷，但聯合國仍在我心裏，化為了格局、動力和城府。

—— 正好趕上 2008 年北京奧運

動盪之年的收穫

這份實習經歷，並沒有給予我一個「確定的」職業墊腳石，而是鼓勵我探尋「不確定的」可能性。

姓名：	王豐碩（Oscar Wang）
大學：	香港中文大學
實習年份：	2008
實習機構：	和平發展基金會
現時：	於國際戰略諮詢公司 Teneo 擔任董事總經理負責中國區業務

現在回想起來感覺有些不可思議，自 2008 年至 2020 年，時間一晃已是十二年。

十二年前的 2008 年，有太多事情令我記憶猶新，而於聯合國開發計劃署（UNDP）與和平發展基金會（PDF）實習的四個月，更是歷歷在目。

2008 年自香港中文大學的全球傳播碩士項目畢業，恰逢美國次貸危機波及亞太地區，作為金融中心的香港，無論是資本市場還是就業市場都受到明顯影響，變相加劇的職場競爭，確實給像我一樣的應屆畢業生帶來了不小的壓力。而就在同一屆的朋友們都在為各自前程謀劃的時候，「5·12」汶川地震深深地震撼了每一位國人，我清晰地記得即使身處香港，悲痛的情緒亦彌漫於日常。

就在這樣複雜的環境下，我有幸在數輪遴選後，加入 UNDP 與 PDF 當年的實習生計劃，並直接參與由兩個組織共同牽頭針對

汶川地震救災的海外募捐事務中。在實習項目中，我主要參與並負責與線上募捐的合作伙伴溝通，以及組織部分在香港的線下募捐活動。PDF 作為是次募捐活動的主要牽頭方，一直在積極為地震救災奔走。在時間緊迫的情況下，我所在的 PDF 團隊緊密合作，盡最大的努力與合作伙伴、利益相關方溝通與協調，線上與線下募捐活動並舉之下，達成了預先設定的專案目標。在這過程中，我印象最深的就是 UNDP 及 PDF 對救災響應的及時程度，以及每位共事的實習生與工作人員的熱忱。彼時，儘管作為一名實習生，我只能盡綿薄之力，但那段經歷，以及其深遠的意義，至今仍被我珍視和銘記。

也恰恰是因為這次難得的實習經歷，讓我有幸結識了包括和平發展基金會創始理事之一及名譽主席太平紳士趙金卿女士在內的行業前輩們，並在商業思考上獲點撥一二。實習結束後，我也因此「拋下了」原本繼續從事新聞媒體行業的想法，開啟了之後三年的投資諮詢與銀行生涯。2010 年，懷着一顆不安份的心，我再次轉換職業軌道，加入英國諮詢公司 Citigate Dewe Rogerson，開始從事投資者關係與財經公關工作，並自此在這條職業軌迹上一路前行。

2015 年，在加入國際戰略諮詢公司 Teneo 之後，我被「委以重任」，從香港遷至上海，負責建立 Teneo 在中國內地的業務與團隊。五年之後的今天，Teneo 在中國內地，從我一個當年的「光桿司令」，變成了擁有十幾位優秀團隊成員、紮根上海與北京的團隊，其中的趣事、瑣事可能需要另費筆墨，不在此贅

述，然而，2008 年的動盪、實習經歷中的所感所悟，卻始終伴我左右，幫助我在回上海創業時，在面對複雜環境時仍能泰然處之。

回望過去十二年，一個問題常常浮現於腦海——在 UNDP 與 PDF 的實習經歷只有短短數月，到底這段經歷給予了我什麼？

想了又想，有了兩個容易被人視為詭辯、但卻情真意切的答案：

這份實習經歷，並沒有給予我一個「確定的」職業墊腳石，而是鼓勵我探尋「不確定的」可能性。說實話，在我的實習經歷中，啟發往往來自與人的交流。對於那時的我，可能跟當下的應屆畢業生並無太大差別，處於動盪的市場環境中，與不同人的交流，給予了我未曾觸及的視角和思考問題的新維度。

這份實習經歷，不僅拓展了我思考職業方向時的視野，更帶給了我珍貴的友情。在實習期間，同屆的實習生來自香港各個高校、不同學術背景，共同的經歷卻讓我收穫了幾份延續至今的深厚友誼。例如，我的好友金雷是與我同屆的實習生。我們相識於實習面試，一見如故，兄弟般的情誼直至今日。細細數來，從做他的伴郎到眼看他膝下有子，從香港分別到歐洲重聚，即便他目前定居德國，我們仍時常電話長談，互相支持。或許，這友情，就是實習生的「額外福利」吧！

實習經歷可能對每個人意味着不同的體驗。就個人而言，我十分慶幸能夠在 2008 年加入 UNDP 和 PDF，並在一個動盪之年有意料之外的收穫。這份收穫，已過十二載，仍餘音繞樑。

—— 王豐碩

十年

我很慶幸我沒有被局限於系統的限制，而是找到了自己合適的定位，作出了一點微薄而有益的貢獻。

姓名：	馬金馨（Yolanda Ma）
大學：	香港大學
實習年份：	2010
實習機構：	聯合國開發計劃署駐華代表處
現時：	聯合國開發計劃署（紐約）數字化轉型專家

2010 年的夏天，當我結束在聯合國開發計劃署短暫的兩個月實習，走出亮馬河南路的小院時，我心想，以後大概不會回聯合國機構工作了。當時卻不曾想到，幾年之後我會重回這個平台，並且從聯合國開發計劃署亞太總部一直做到紐約總部，成為手持聯合國護照的國際公務員；也不曾想到，那個夏天認識的同事、朋友、導師，會在十年之後，依舊在我的生活和工作中，扮演重要的角色。回頭看那個彷徨過、興奮過、努力過的夏天，各種記憶變的鮮活。

入門

那年 5 月，我結束了香港大學新聞學院繁忙的碩士課程，同時兼職在世界自然基金會實習。本科與碩士期間，我已經先後完成了十個實習，嘗試了各種不同的職業——從中英媒體到香港本地非營利組織，從地產公司到國際機構；也經歷了不同的地方——北京、上海、香港，以及貴州農村。唯一的遺憾，是還沒有體驗過在聯合國工作。由於聯合國只招收碩士畢業的實習生，而香港的碩士只有一年，那意味着我唯一合適的時間，就只

有這學業結束之後的暑假了。然而四年香港的學業，對來自工薪家庭的我來說，也意味着不少的花費，我不確定自己是否還能負擔得起又一個需要租房的無薪實習。

畢業前為了求職，校園裏的各種招聘會自然是盡量去參與的。也就是在某一次的招聘會上，我了解到和平發展基金會（PDF），知道他們會篩選出合適的人才，送到聯合國開發計劃署駐華代表處實習，並提供資金支持。感覺到這是個不可錯過的機會，我遞交了申請，不久後便收到了面試通知。

面試在中環的 China Club。在那之前，我應該並沒有去過那個看起來很高級的地方。記得面試官圍坐在一個圓桌上，有五個人，都不太記得具體問答細節，卻記得我和主持面試的周博士就我最合適的職位有了不同的意見——我申請的是環境與能源組，但是周博士卻覺得根據我的新聞碩士背景和之前的實習經歷，更適合去傳播組。我解釋了自己的立場和選擇：一方面因為當時的我很希望畢業之後能從事環境相關的工作，另一方面，在世界自然基金會傳播團隊的實習讓我意識到，要深入了解一個領域，還是要去到項目團隊，而不只是在後台接觸和組織二手信息。走出 China Club 的時候，我感覺到，雖然有些保留意見，但周博士看到了我的能力，並尊重我的選擇。

5 月 11 日，我收到了 PDF 的 offer，及每月六千元人民幣的生活補貼——足以應付我在北京的開銷。5 月 17 日，我一身黑色正裝的走進了聯合國開發計劃署環境與能源組的辦公室。

破局

　　實習第一天有兩個重要發現：第一，辦公室並沒有人穿正裝——香港大學多年給我的正式場合如何著裝和表現的西式訓練在這裏失效了（據同事後來説，他們被我嚇到了）；第二，作為實習生，有些內部系統沒有權限、無法登入，這意味着很多的項目資料我不能看到，也就很難在實際項目上參與或者支持。我很快從一早的磨拳擦掌，到了中午的無所事事，以及最後傍晚下班前的如坐針氈。

　　第一周基本就是在隨便閱讀資料、觀察辦公室環境、認識及了解團隊中度過的。同事們似乎也並不知道可以如何利用我的存在，我便根據一周下來搜集的各種信息，結合自己的專業特長，給當時團隊的負責人孫學兵（團隊俗稱老孫）提了三個我可以做什麼的方案：1）建立並加強聯合國開發計劃署駐華代表處的整體新媒體運作；2）給環境及能源組同事進行新媒體培訓；3）為環境及能源組做業務相關的 newsletter，整理並每周發送相關資訊。

　　方案一很快就失敗了。一來這是屬於傳播團隊的工作，二來我低估了聯合國體系裏對外傳播需要考慮的層層內外審批流程，而夏天作為一個許多辦公室決策者都在放假或者出差的季節，要啟動一個對大部分人來説都不熟悉的新項目，基本上是不現實的。於是我很快放棄了這個想法，轉攻受到老孫鼓勵和支持的方案二和三。很快，我的第一個行業通訊就發送到了團隊成員

Launched: 2010-11-16

—— 南華早報眾包新聞產品 Citizen Map

的郵箱裏，而第一期新媒體培訓也如計劃開展了。

　　新媒體培訓總共進行了三期：1）新媒體入門——介紹新媒體的主要概念、各種平台、中西差異、UNDP 現狀；2）環境領域的新媒體案例剖析——包括利用社交媒體應對環境災害、運用開放數據支持政策制定、中外草根組織的新媒體創新；3）新媒體運作的執行——從聯合國已有的在線活動出發，分析如何定位受眾、確定平台、制定策略。三期培訓的材料依舊在我的 SlideShare 頁面[1] 可以看到，也受到了同事們的好評。老孫說，他已經很多年沒有受到過啟發，而這些分享激發了他的新想法，這於我來說，是極大的鼓勵。同組同事後來將我用作案例的民間組織發展成了合作伙伴，也運用到了培訓中的技巧為負責的項目開微博、做網站，甚至帶到了他們離開聯合國之後的工作裏。

---

[1] https://www.slideshare.net/majinxin

有了這兩個自己主導的小項目，兩個多月的時間變的很快。我在整理行業通訊的過程中汲取相關知識，在準備新媒體培訓的過程中結合自己的專業背景和環境主題有效跨界，同時也在剩餘的時間支持一些活動、宣傳等。老孫如一個家長一般，給我足夠的空間去嘗試，也在需要的時候給予保護。當同事和我說，我的分享如何幫助到了他們的工作和未來的計劃的時候，我很慶幸我沒有被局限於系統的限制，而是找到了自己合適的定位，作出了一點微薄而有益的貢獻。

流轉

實習結束後，我和在環境組認識的同事、新朋友老李來了一趟西部之旅，沿着絲綢之路，從敦煌出發，到嘉峪關、蘭州、西寧，以抵達青海湖為終點，作為我的畢業之旅。這也是友誼的開始——儘管如今老李已經離開聯合國，我們依舊在事業上互相支持、在生活上互相鼓勵，以及偶爾一起旅行。

8月我回到香港，很快落實了人生第一份全職工作——在香港最大的英文報紙《南華早報》就職其首任社交媒體編輯，並在一年之內主導及實現了一個利用新媒體調動香港市民來保護環境的項目，延續了實習期間的跨界嘗試，也同時在另一個平台實現了當時失敗的、打造並運營一整套新媒體頻道的壯志。很快我跳槽到國際通訊社路透社，在路透社繼續從事新媒體工作，並同時開始給其他的媒體、非營利機構做新媒體培訓——這也是延續了實習期間的那小小火花，幾年後，我直接線下培訓了幾百個中國

者、且組織並主持了一系列吸引了四千餘人的在線課程。

在媒體的企業化環境裏工作了幾年後，我也意識到，但凡大機構，難免有自己的局限和官僚之處，也開始思考怎樣的職業道路可以實現更大的社會價值。2014 年，我收到了聯合國開發計劃署亞太總部的工作邀請，移居泰國曼谷，為亞太地區提供創新及科技指導——彷彿是幾年前的實習升級版，只是從中國到了亞太，也不再有當年的那些系統限制了。在從事了兩年多的創新工作以及兩年多的影響力投資工作後，2019 年 5 月的一天，我意外收到了紐約的電話，問我是否願意來總部參與 UNDP 整體數字化轉型的工作——思考了大約三十秒之後，我答應了。如今我在紐約已經工作一年多，有很多的收穫，當然也有不少的局限。但當年那個年輕而破局的自己總是會提醒我，審時度勢、破舊立新。不到兩年的時間內，我將團隊從兩人拓展到將近二十人，參

—— 加入紐約總部後，於 2019 年聯合國大會組織的第一個大型會議。

與了聯合國數據戰略的起草與發布，新冠疫情間帶領團隊協助了五十多個國家的數字化轉型工作——從最基礎的聯網，到疫情相關的數據庫建設；從國家層面的數字經濟戰略，到地方的幫助小微企業轉型網商。工作涉及幅度之廣、可能影響之深遠，都是聯合國以外的工作很難企及的。

出發來紐約前，如今在斯里蘭卡任糧農組織首席代表的老孫來曼谷出差，我們在湄南河邊吃泰菜喝啤酒，我匯報了這些年來的流動軌迹和心路歷程。飯畢，老孫對我的進步翹了大拇指。回頭看，我很感激十年前的那個夏天與眾不同的經歷，也希望 PDF 可以支持更多家境一般但有想法的年輕人，去參與國際組織的工作、去做一些或許會影響他們未來十年軌迹的事。

你可以這樣走進聯合國

故事，總是能帶來啟發。它們就像是一面鏡子，能照出在某個面向或正思考着某個議題的自己。聯合國實習也是一樣：本書三十一篇故事，有些或帶你認識了某個聯合國機構的工作面貌，或引領我們對某些發展議題進行反思，又或是純粹喚起了你我的初心，點醒了前行的方向。但看故事，一定不如自己親身去經歷來得震撼與難忘。那到底，如果你或者你的家人朋友們有興趣加入聯合國，想要成為聯合國實習生，可以怎麼做呢？

和平發展基金會於 2020 年剛踏入第十五年，這些年來共成就了超過一百四十個在聯合國機構成長的故事，見證着中國和其他國家與地區的人類發展進程。而這些故事，都是這樣開展的：

首先，申請人必須符合以下條件：

1. 申請時必須正在香港其中一所大學修讀或剛修畢任何全日制課程；

2. 申請時是碩士或博士在讀生，或正修讀任何學士學位課程的最後一年，且已獲其他院校的碩士課程錄取；

3. 持有香港身分證人士；

4. 能流暢地使用英語溝通，如懂得普通話或其他聯合國官方語言更佳；

5. 擁有優秀的研究及分析能力，語言能力佳，能協助起草各類內

容，善於溝通，具良好協作能力，熟悉各類電腦技能等，具體能力要求根據不同實習崗位有所不同。

當申請人符合上述各點，就可以通過申請時的所屬院校的學生事務處（或其他職能相同的學生服務單位）查詢該年度的實習崗位空缺。一般招募會在每年的 1 月到 4 月之間進行，每年資助八到二十名實習生不等，參與的聯合國機構從一開始的聯合國開發計劃署駐華代表處，拓展至聯合國教科文組織、聯合國人口基金、聯合國婦女署、聯合國亞洲及太平洋經濟社會委員會、聯合國愛滋病規劃署等近二十家聯合國機構，地點也從北京擴展至曼谷、緬甸等地，工作領域更是從各發展議題的項目部（如環境保護、減貧等），增加至包括財務、人事資源、傳訊、營運等行政及支援部門，甚至還有看重統籌能力的協調類部門和單位，可以說是無論申請人的長處為何，需要學習的又為何，這個計劃都能為個計劃參與人提供成長的平台與機會。

但也因為聯合國實習崗位競爭很大，為了提高整體招募效益，我們只接受通過學校推薦的人選，並按照申請人與申請崗位的匹配程度、技能上是否符合有關聯合國機構和單位的要求，以及她 / 他對相關議題或個人成長的熱誠與態度等，來做進一步的篩選。當然，如果該申請人的學術背景和申請崗位相符，也絕對是加分項。

需要注意的是，一般聯合國的實習崗位都是無薪的，但我們明白，很多參加我們的聯合國機構實習計劃的同學都是第一次隻身前往另一個城市工作與生活，既要應對新生活和新工作的挑戰，又要應付財務上

可能出現的壓力，並不容易。所以和平發展基金會每個月會按照聯合國國際志願者的標準，為最終接受錄取的實習生提供每月約港幣一萬元的生活費補貼（具體金額會按每年的標準和實習所在地調整）。為了進一步促進實習生的個人成長，獲錄取的同學都需要自行處理如租房、往返交通、保險等安排。當然，大家絕不是「孤軍作戰」的。不論是和平發展基金會，還是作為僱主的聯合國機構，都會在需要時為每位實習計劃參加者提供協助和建議，只是根據以往實習生的分享，處理這些「衣食住行」的生活安排的經歷，其實也構成了這次「聯合國之旅」中個人成長的重要部分，甚至中間所遇見的未知，最是難忘回味。

當申請人通過了學校的推薦和我們的初步篩選後，我們便會把其履歷轉交至有關聯合國機構，並由他們直接進行最後的篩選和面試。整個過程從遞交申請至收到錄取信需時約兩個月左右，獲錄取後申請人將收到由和平發展基金會發出的錄取通知書及其他需要簽署的相關文件，至此各位與聯合國的故事便算正式開始了。歡迎加入致力為人類發展努力奮鬥的聯合國大家庭！

作為聯合國開發計劃署的中國官方合作伙伴，和平發展基金會自 2005 年成立起，便開始支持其青年發展和其他人類發展工作，除了資助和協助選拔的共八十八位聯合國國際志願者（該計劃現獲香港政府拓展成為「聯合國志願人員組織──香港大學生義工實習計劃」）和文初提到的逾一百四十位聯合國實習生外，十五年來與聯合國開發計劃署共同籌辦宣傳及意識推廣、領袖培訓及技能發展活動，並協辦籌款活

動為聯合國項目籌募經費，在中國的重點工作包括人類發展、扶貧、氣候變化及環保。

這樣的合作關係更是具有特別關鍵的意義，顯證了聯合國致力強化私營界及商界的角色，以助解決中國在發展路上的種種挑戰。和平發展基金會很榮幸能獲得社會各界的支持，一起促進聯合國一百九十三個成員國實現 2015 年承諾的「可持續發展目標」。時至今天，我們感恩愈來愈多朋友支持上述工作，亦期待能與更多人、企業和機構繼續攜手，為更好的未來而努力。

書至終章，三十一篇故事亦已至尾聲，但這不會是我們同行的終點。故事和分享帶來的啟發就像一顆顆播下的種子，只要我們繼續予以陽光與養分，這些種子終會發芽，成為能持續護蔭我們未來的大樹。

願你我心中的種子茁壯成長；願你我能在這條人類發展的道路上相遇、同行、共勉。

鳴謝： （排名不分先後）

中華人民共和國政府駐香港特區聯絡辦公室、外交部駐香港公署

港府官方人士：
董建華、梁振英、曾蔭權、許仕仁、陳智思、陳茂波、羅范椒芬、何志平、
許曉輝、丁葉燕薇、傅小慧、黃敏

聯合國機構：
聯合國駐華協調員辦公室、聯合國開發計劃署（以及挪威奧斯陸治理中心、大
圖們江流域合作組織秘書處、開發署駐緬甸協調員辦公室、中非民間商會）、
聯合國婦女署、聯合國志願人員組織（世界衛生組織、聯合國災害管理與應急
反應天基信息平台）、聯合國人口基金、聯合國教科文組織、聯合國難民署、
聯合國愛滋病規劃署、聯合國糧食及農業組織、聯合國亞洲及太平洋經濟社會
委員會、國際勞工組織、世界糧食計劃署、聯合國郵政管理局

大學合作伙伴：
香港大學、香港中文大學、香港理工大學、香港科技大學、香港浸會大學、香
港嶺南大學、香港城市大學、香港教育學院、清華大學、南開大學

公司社會責任與企業贊助：
其士集團、紫光集團有限公司、德勤、普華永道、德匯律師事務所、羅盛（香港）
顧問有限公司、蘇富比、禮頓建築（亞洲）、香港港麗酒店、成龍慈善基金會（香
港）、歐米茄、新世界發展有限公司、訊達航空貨運（香港）有限公司、Berge
Studio Limited、What Next Limited、PR Network 公關網絡、通利琴行、樂怡善、
Adler、恆和鑽石、Pernod Ricard HK & Macau、海航集團

民間團體：
香港義務工作發展局、香港社會服務聯會、一丹獎基金會、一丹大學教育基金
會、上海海康貝公益基金會

個人贊助與支持：
徐凌艷、趙偉國、方力鈞、鄧亞萍、才江、張莉莉、Carter Malik、林天行、
Ankana Livasiri、黃志祥、翁以登、李春偉、勞建青、蔡永忠、周志賢、陳文耀、
陳希文、朱皓琨、曹健麟、程原、楊哲安、林宣豪、程壽康、林家如、饒子和、
龔克、史宗愷、陳彤、彭程、王人傑、邵寒、陳苑、陳萍、蘇漢珍、王雨虹、

蘇千尋、葛誠、范佐浩、黎年、鍾媛梵、李佩琪、舒天俊、舒林澍嵐、蘇珍妮、利承武、毛玉萍、張慧、莫梓源、劉明康、曹菊萍、季海琳、施德容、曹忠偉、蔣文躍、鄧孜暢、陳衛、李帶歡、萬亮人、 木下安德、鄭紹康、本田由美子、陳浥萍、黃碧君、苗延舜、鄭晞庭、謝萍、陳嘉傑、張毅莉、金雷

和平發展基金會成員：
馮華健、趙金卿、龐一龍、何超瓊、周維正、鍾志平、施費葆奇、徐英偉、馬逸靈

和平發展基金會義務行政後援：
何婉儀、陳慧明、詹海琪、霍超嫦、李鍵欣、張雯妮、郭依倫、鄧煒璇、陳翠芳、張玉瑜、謝燕萍、潘皓敏

聯合國官方人士：
Siddharth Chatterjee、Beate Trankmann、Khalid Malik、Romy Garcia、Choosin Ngaothepittak、Renata Lok-Dessallien、Alain Noudehou、Nicholas Rosellini、Agi Veres、Devanand Ramiah、Silvia Morimoto、Subinay Nandy、Christopher Bahuet、Alessandra Tisot、Renaud Meyer、Napoleon Navarro、Patrick Haverman、Arie Hoekman、Babatunde Ahonsi、Duong Bich Hanh、Montira Horayangura Unakul、Marielza Oliveira、Himalchuli Gurung、仲靜、樊璐、張薇、候新岸、欒儷英、阮建、何力、梁晶、葛雲燕、侯艷芳、楊方、王東、張曉丹、李靜、羅維佳、姜楠、關靖檸、金仁芝、王亞琳、肖怡、馮凡、張琰、張譯文、劉任飛、孫乾、邱莫薇、姚勵成、郭莎、韓蕾、吳鵬、蔡穎、孫學兵、裴紅葉、谷青、Gorild Merethe Heggelund、Pablo Barrera、Larsen Germer、Andrea de Angelis、任亞楠、文華、畢儒博、洪騰、Paul Young、婁亞

諾貝爾獎得主：
James Mirrlees、Robert Mundell、Amartya Sen

明報出版社有限公司：
蘇惠良、劉萍、周詩韵、譚凱庭、朱寶儀

義務編輯：
霍超嫦、李鍵欣、勞保儀、陳嘉慧、周進、劉嘉喬、翟庭悅

附錄：本書中常用詞彙列表

簡稱	英文全稱	中文全稱	解釋
2030 Agenda	The 2030 Agenda for Sustainable Development	《2030年可持續發展議程》	於2015年9月由聯合國全體一百九十三個成員國一致通過，訂立十七個可持續發展目標和一百六十九個具體目標，決心在2030年前全面執行消除貧窮、實現性別平等、確保所有人類享有和平與繁榮等行動計劃，致力從經濟、社會和環境這三個方面實現可持續發展。
AVS	Agency for Volunteer Service	義務工作發展局	於1970年在香港成立，為非牟利慈善機構，致力承擔樞紐角色，與社會各界建立伙伴關係，合力推動義工參與，促使提供增值及優質的義工服務，以締造一個關懷的社群。
CSA	Cost-sharing Agreement	成本分攤協議	一般是指企業或機構間達成的一項協議，用以分擔參與各方在研發、生產或獲取資產、勞務和權利等方面的成本與風險，同時訂明各參與方所得利益的性質和範圍。它是聯合國與合作伙伴所簽訂的協議的其中一種，用以共同開展合作項目。
CSAM	The Centre for Sustainable Agricultural Mechanization	可持續農業機械化中心	聯合國亞洲及太平洋經濟社會委員會（亞太經社會）的附屬機構，通過廣泛的信息交流和知識共享加強亞太經社會各成員和準成員以及聯合國其他有關會員國之間的技術合作，並促進在可持續的農業機械化和技術領域的研究與開發和農業企業發展。
FAO	Food and Agriculture Organization of the United Nations	聯合國糧食及農業組織	簡稱「糧農組織」，引領國際消除饑餓的聯合國專門機構，目標是實現所有人的糧食安全，確保人們能夠定期獲得充足的優質食物，擁有積極健康的生活。
GEF	Global Environment Facility	全球環境基金	一個由一百八十三個國家和地區組成的國際合作機構，其宗旨是與國際機構、社會團體及私營部門合作，協力解決環境問題。
GTI	Greater Tumen Initiative	大圖們江倡議	旨在促進東北亞地區的區域合作，實現共同繁榮，自90年代初得到聯合國開發計劃署的支持，開展在交通、旅遊、投資與貿易及能源與環境等領域的工作。
HDR	Human Development Report	人類發展報告	每年由聯合國開發計劃署委托出版，關注全球對主要發展問題的辯論。專家團隊就會員國當地的人類發展方向和目標進行調研評估，撰寫國家報告，並提供新的評估工具、創新的分析以及經常有爭議的政策建議。

簡稱	英文全稱	中文全稱	解釋
ICPD	The International Conference on Population and Development	國際人口與發展會議	於 1994 年首次在開羅召開，當時一百七十九個國家通過了《行動綱領》，呼籲將婦女生育健康和權利置於國家和國際發展努力的中心。每年，此會議將國際社會聚集到一起，回顧全球性和生育健康和權利的狀態。
ILO	International Labour Organization	國際勞工組織	聯合國專門機構之一，旨在推進社會正義，促進人人享有體面勞動，實施的計劃和項目包括實施國際勞工標準、加強企業和供應鏈的可持續發展及擴大和提高社會保護等。
MOU	Memorandum of Understanding	諒解備忘錄	由雙方或多方簽訂的一種備忘錄，用以記載不同國家、政府或組織間簽署雙邊或多邊意向的文件。
SBA	Sustainable Business Abroad Team	海外企業可持續發展團隊	該團隊在南南合作的框架下幫助企業提升可持續發展能力，使企業更有效應對在海外經營時所面臨的風險與挑戰，並通過搭建信息分享和交流平台，增進企業與各利益相關方和國際社會之間的相互了解。
SDGs	Sustainable Development Goals	可持續發展目標	2015 年 9 月，聯合國全體一百九十三個成員國一致通過《2030 年可持續發展議程》，此議程包括十七個可持續發展目標。它們旨在消除世界各地的貧困與饑餓；消除各個國家內和各個國家之間的不平等；建立和平、公正和包容的社會；保護人權和促進性別平等，增強婦女和女童的權能；永久保護地球及其自然資源。同時各國亦決心創造條件以實現可持續、包容和持久的經濟增長，讓所有人分享繁榮並擁有體面工作，同時顧及各國不同的發展程度和能力。
SSC	South-South Cooperation	南南合作	指多數位處地球南部的發展中國家之間的合作，旨在促進國家間的實踐經驗交流，並為發展中國家尋求與其國情相符的解決方案。
UN Day	United Nations Day	聯合國日	每年的 10 月 24 日是聯合國日。聯合國日是《聯合國憲章》在 1945 年生效的周年紀念日。這份創始文件在經過包括安理會五個常任理事國在內的大多數《聯合國憲章》簽署國批準後，聯合國正式成立。
UN Women	United Nations Entity for Gender Equality and the Empowerment of Women	聯合國婦女署	旨在促進性別平等，主要事務為推動全球性別平等、女性賦權、結束針對婦女暴力等方面的工作。
UN Youth Envoy	United Nations Secretary-General's Envoy on Youth	聯合國秘書長青年特使	致力於將年輕人的聲音帶入聯合國系統，在全球推動實現可持續發展目標。

簡稱	英文全稱	中文全稱	解釋
UNAIDS	Joint United Nations Programme on HIV/AIDS	聯合國愛滋病規劃署	主要職責是協調和支持愛滋病防治工作，積極開展倡導和動員資源，並向各國政府、聯合國機構、民間社會、伙伴機構和其他機構提供技術支持。
UNCT China	United Nations Country Team in China	聯合國駐華國別小組	目前由二十七個在華開展業務的聯合國基金、計劃署（規劃署）與專門機構的負責人組成，屬跨機構小組。在聯合國駐華協調員的領導下，聯合國駐華國別小組全面領導在華機構的工作開展。
UNDEF	United Nations Democracy Fund	聯合國民主基金	2006 年 4 月啟動的聯合國民主基金是在 2005 年世界首腦會議期間成立的。作為該首腦會議的成果之一，聯合國民主基金領受的任務是充當支持民間社會和聯合國之間各種伙伴關系的贈款機制，以促進全世界的民主。
UNDP	United Nations Development Programme	聯合國開發計劃署	聯合國從事發展的全球網絡，是聯合國系統中最大的多邊援助機構，旨在為各國提供知識、經驗和資源，幫助人民創造更美好的生活。
UNDPPA	United Nations Department of Political and Peacebuilding Affairs	聯合國政治和建設和平事務部	該單位監測全球的政治事態發展，並負責危機預防和管理，通過加強和平外交將預防作為和平與安全工作的重心，幫助國家和地區和平解決衝突，為聯合國建立和平的努力奠定基礎。
UNESCO	United Nations Educational, Scientific and Cultural Organization	聯合國教育、科學及文化組織	簡稱「聯合國教科文組織」，致力於推動各國在教育、科學和文化領域開展國際合作，其使命包括確保每個兒童和公民都享有接受優質教育的機會，積極促進科學計劃與政策，並通過弘揚文化遺產、倡導文化平等加強各國之間的聯繫。
UNEP	United Nations Environment Programme	聯合國環境規劃署	簡稱「聯合國環境署」，是全球領先的環境機構，負責制定全球環境議程，促進聯合國系統內連貫一致地實施可持續發展環境層面相關政策，並承擔全球環境權威倡導者的角色。
UNESCAP	United Nations Economic and Social Commission for Asia and the Pacific	聯合國亞洲及太平洋經濟社會委員會	聯合國負責亞洲及太平洋地區經濟社會事務的一個區域性職能部門，其秘書處的任務是通過開展區域的合作和一體化，協助各成員國解決經濟和社會問題。
UNFPA	United Nations Population Fund	聯合國人口基金	旨在普及性健康與生殖健康（包括計劃生育），促進生育權，降低產婦死亡率，致力於向人們展現這樣的世界：沒有意外懷孕，沒有不安全分娩，每個年輕人的潛能都能得到充分發揮。

簡稱	英文全稱	中文全稱	解釋
UNICEF	United Nations International Children's Emergency Fund	聯合國兒童基金會	致力於促進兒童權利的落實,為此助力政策發展和法律保障工作,並對外分享項目經驗和研究成果。
UNIFEM	United Nations Development Fund for Women	聯合國婦女發展基金	聯合國系統中的婦女基金,為增強婦女人權、促進婦女參政、加強婦女經濟保障的創新計劃和戰略提供資金及技術支持。
UNRC China	United Nations Resident Coordinator in China	聯合國駐華協調員	這個角色對於聯合國推動所在國可持續發展目標至關重要。聯合國駐地協調員是聯合國派駐到成員國的代表,領導聯合國國別小組進行策略定位,配合所在國的發展重點,制定發展策略和計劃。
UNRCO China	United Nations Resident Coordinator's Office in China	聯合國駐華協調員辦公室	負責為聯合國駐華協調員與聯合國駐華國別小組提供諮詢意見和技術支持,協助日常組織和管理,並配合開展知識管理、對外宣傳等方面相關工作,主要目的是增強聯合國相關機構的凝聚力、擴大項目影響,並取得更好的工作成果。
UNV	United Nations Volunteers	聯合國志願人員組織	聯合國以志願者精神為基礎建立的世界性志願者組織,致力於和平與發展事業。它的目標是在世界範圍內動員更多人成為聯合國志願者,包括國際、本國、青年大學生和在線志願者,支持聯合國總部和區域辦公室的工作。
UNWFP	United Nations World Food Programme	世界糧食計劃署	工作以緊急援助、救濟與重建、發展援助和特別行動為主,每年三分之二的工作都在受衝突影響的國家展開,目標是在 2030 年前在世界範圍內終結饑餓,實現糧食安全,改善營養狀況。
WFC	World Future Council	世界未來委員會	於 2007 年由漢堡市政府及部分企業家出資成立,是一個致力於在全球範圍內推動可持續發展政策和保護人類未來利益的國際性非營利組織。
	United Nations Office of the Secretary-General's Envoy on Youth	聯合國秘書長青年特使辦公室	於 2016 年開始實施聯合國可持續發展目標青年領袖計劃,在全球選拔不同國籍、不同背景的青年,在各國青年群體中推動實現聯合國可持續發展目標。
	UN Special Rapporteur	聯合國特別報告員	由人權理事會任命的獨立專家,負責調查和匯報特定任務,通常是有關某個國家的人權情況或特定專題的人權問題。

編著	和平發展基金會
責任編輯	周詩韵　朱寶儀
和平發展基金會義務編輯	霍超嫦　李鍵欣　勞保儀
	陳嘉慧　周　進　劉嘉喬
	翟庭悦
封面畫作	方力鈞《Dream of Peace》（2011）
美術設計	簡雋盈
出版	明窗出版社
發行	明報出版社有限公司
	香港柴灣嘉業街 18 號
	明報工業中心 A 座 15 樓
電話	2595 3215
傳真	2898 2646
網址	http://books.mingpao.com/
電子郵箱	mpp@mingpao.com
版次	二〇二一年七月初版
ISBN	978-988-8687-68-8
承印	美雅印刷製本有限公司